もうひとつの陶淵明　試論

大澤静代

七月堂

陶靖節先生小像

方薰摹宋何秘監畫

もうひとつの陶淵明　試論

＊

目次

まえがき

中国の詩人陶淵明を「田園詩人である」と説明するだけでは、じつは十分な説明とは言えぬだろう。いや、むしろ誤解を招きかねないのである。確かに淵明は日々のありふれた情景を平易なことばで明快に描出する。その淵明詩を素直に読み、ことばのままに解釈するのはごく自然なことかもしれない。だが平易で明快なそのことばが、つねに淵明の真意そのものであるとは限らないのである。時にそれが淵明の真意の「見せかけ」であったり、止むを得ぬ寓意や仮想表現であったりすることに、はたと気づかされることがあるからだ。あまつさえ、田園詩人の枠内の典拠例や例証がその解釈に加勢することになってしまっては、陶淵明の真意を読み違えるばかりか、その真意をすっかり別の物に変えてしまうことさえ起こる。詩文の表面に書いてある事実はもとより重要である。しかし同時に、淵明がそれをいかなる態度、いかなる表現で書いているか、それを精緻に読むこともまた淵明詩読解の重要な要件なのである。本稿は〈もうひとつの陶淵明〉、いわば〈脱田園詩人〉の視座から読解を試みようとする。

陶淵明（三六五年〜四二七年）は、東晋という時代（三一七年〜四二〇年）を生きた詩人である。淵明詩の大部分は、その東晋末の乱世にあって作られたとされる。そうであるならば、淵明詩の真意は、詩作の背景である時代や世相をも包括して捉えた解釈の中でこそ汲み取れるのではないだろうか。とりわけ淵明の使う詩語「慷慨《こうがい》」を考察する中においてその思いを強くしたのである。陶淵明の真意を探っていくにつれ、私は陶淵明を書きたいと思うようになった。否、書かねばならぬと駆り立てるものがあった。かくなる乱世に生きてなお人として真に生きようと苦悩する一人の「人間 陶淵明」の姿である。何よりも、その苦悩の根底に見えてくるのは、時運に翻弄され命を生き切ることすら敵わぬ人びとに、〈その命を生きよ〉と心底から叫び、かくなる世を慷慨し、為すべきことを為さんとする陶淵明のその詩作行為の覚悟である。

本稿は陶淵明の詩語「慷慨」に着目する。この詩語は淵明詩において注目されることが少ないようであるが、じつは本詩人の真意を解く大きな鍵になると私は考えている。「慷慨」の意味とはそもそも何か。日本語でも中国語でも、その主たる意味は「国事や世事の義に非ざるを嘆き憤ること」であり、そこに満ちる意気や気概を表すことばである。陶淵明の時代にあっても、その詩語が意味する使用認識とは「慷慨すべきは天下国家を憂える壮士である」とするのが通例であった。ただし、陶淵明の使う詩語「慷慨」においては、この通例の使用認識が確認できないとする解釈が一般的である。これはいったいどういうことか。先に示した「慷慨」の通例の使用認識であれば、「田園詩人」の使う詩語としておよそ似つかわしくないとでも言うのであろうか。だが、〈事実〉はまことに雄弁である。残存する陶淵明の全詩文（李長之、『陶淵明』所収百三十六篇、うち詩が百二十四篇、文が十二篇）を検索し、考察してみると、淵明がその「通例の使用認識」を以て使ったと考えられる「慷慨」の事例が少なくとも十例認められるのである。私には大きな発見であった。これは何を意味するのか。「田園詩人」という枠に縛ったままで淵明の使う詩語「慷慨」を想定するならば、なるほど「慷慨」の意味はその淵明像には収まらないかもしれぬ。しかし、淵明は実作においてこの詩語を使用しているのである。

その一例が官途の旅先（異郷）にあって詠んだ《雑詩》其の十、「慷慨《こうがい》して綢繆《ちゅうびゅう》を憶《おも》う」の一句である。残念なことに、この一篇はテクストや注釈に異同が大きく論議の中にあるとして陶淵明集に大概は収録されず、あるいは収録されたとしても、この詩語（「慷慨」）は「望郷の念」であると解釈されている。すなわち、「故郷のなつかしい友人（綢繆）に思いを馳せ、故郷への思い昂《たかぶ》る（慷慨する）」と解釈されるのである。はたして「望郷の念」がこの詩の淵明の真意だろうか。もちろん淵明が「慷慨」に「望郷の念」を込めたと想定することと自体は不可能ではない。だが異郷での明確な望郷の念を表現するために、本来の意味をもつ詩語「慷慨」をわざわざここで選ぶ必然性があるのか。その表現のためだけに「慷慨」を使うとすれば、乱世にあってはむしろ無謀ではないのか。やはり淵明は「慷慨」をその本来の意味で使うために選ばざるを得なかった（ないしは、敢えて選んだ）と解釈するのが自然ではないか。そうだとするならば、当然のことながら淵明は次なる一手をも考えねばならなかっただろう。すなわち、世間の注意が詩語「慷慨」に集まることを避けなければならぬはずである。そう考えると、そもそも「慷慨」と「綢繆」の二つの詩語を敢えて一句に並立させることからして奇妙ではある。淵明は詩語「慷慨」の使用において何らかの「しかけ」を込めたのではあるまいか。本稿では、「綢繆《ちゅうびゅう》」に淵明の〈仮想〉を想定し、そこにおいて「慷慨」したとの解釈を試みる。もちろん、この一句は「慷慨」をその通例の使用認識（「慷慨すべきは天下国家を憂える壮士である」）において使用した例であると考える。

こうした淵明詩解釈へと促したものは、何より陶淵明の詩文そのものであることは言うまでもない。それも官吏であった淵明が閑居を決断した思い〈時勢への鮮烈な嘆きや憤り〉を込めた詩文にこそ求められるのである。じつのところ淵明の閑居は大きく二回ある。その一回目は淵明二十九歳、江州の祭酒（今でいう県教育長）に就くも「官吏の職に堪えず」すぐに辞職して郷里に帰ってしまう。おまけに、この一回目の閑居から二回目の決然たる閑居に至るまでの十三年間に、淵明は少なくとも五度の出仕と閑居とを繰り返した。これらの顛末が「田園詩人 陶淵明」解釈を生み、淵明が閑居するのは「出仕による心の束縛から解放され、田園に帰るため」であるとの了解が一般的となった所以でもあろう。ところが淵明四十一歳、決然たる二回目の閑居の思いを述べた有名な《帰去来兮辞 并びに序》に使われた詩語「慷慨」の考察から見えてくるのは、表面には隠されていてもそこに厳然とある淵明の真意である。なるほど陶淵明は「田園詩人」であったかもしれぬ。淵明詩の大部分がまさにこの二回目の閑居期に詠まれたと推定されている。だがその胸の奥底には、本来の意味において詩語「慷慨」を使う淵明の苦悩が満ちていたことを見落とすわけにはゆかぬのだ。

本稿で取り組む課題は、二つである。一つは、陶淵明《飲酒》其の二「百世當誰傳」に新たな訓読の提案をすることである。田園詩人の枠内に限定した訓読以外にも訓読の余地があるのではないか。淵明の生き方を通して捉えた訓読案、すなわち「誰」を主語として読み、「百世《ひゃくせい》当《まさ》に誰《たれ》か伝《つた》へんや」と読み下す提案である。つまり淵明が伝えんとしたのは、後世に残すべきは名に非ず、との解釈に基づく訓読である。いま一つは、すでに紹介した淵明の詩語「慷慨」の使用時期に着目する新たな解釈の提案である。この二つの課題を解決するために考察対象とする淵明詩は次の六篇である。まず《飲酒》其の二、《雑詩》其の十、《帰去来兮辞　幷びに序》の三篇がある。この三篇を便宜上「淵明四十一歳　三部作」と名づけることにしよう。ついで、その三部作の考察が不可欠であると示唆する、本稿の課題遂行に於て注目すべき詩《会《さと》ること有りて作る　幷びに序》がある。この詩に《九日閒居《きゅうじつかんきょ》　幷びに序》および《歳暮《さいぼ》、張常侍《ちょうじょうじ》に和す》の二詩を加えた三篇を、こんどは「淵明五十四歳　三部作」と名づけよう。上記二組の三部作には、それぞれの三篇相互における呼応があり、さらにはその二組を合わせた六篇に、やはり相互の呼応が見られるのである（淵明四十一歳から五十四歳に至る十四年におよぶ詩作間の相互の呼応であり、また詩作の時代や世相との符合である）。じつに興味深い呼応だと言えよう。陶淵明の生き方を考えるとき、これら六篇の呼応に重要なヒントを読み取ることができ、もはや「田園詩人　陶淵明」の枠内に閉じ込めておくわけにはいかなくなるのである。

本試論の始まりは小さな違和感からであった。先にも言及した《飲酒》其の二で、結びの句「百世當誰傳」を詠ずる淵明は、もしかしたら〈乱世を孤憤する熱い人ではないか〉、それは素朴な疑問として残った。というのも《飲酒》其の二に淵明はこう詠ずるのである。「積善には報いあり」といわれているのに、伯夷、叔斉のような清廉の人すら餓死せねばならなかった。ならば、どうしてそうしたむなしいことばが伝えられてきたのか。いや、それがむなしいならば、私はむしろ固窮《こきゅう》の節によってでも（すなわち飢えを覚悟してでも）今の世に善を生きよう、と。しかし、ほぼ通説とされる結句の訓読とその解釈によれば、淵明は「（むしろ固窮の節によってしか）名は後世にとどめられぬであろう」と詠ず、と言うのである。はたして陶淵明の生き方とは、後世に名を成すことにあったのか。《飲酒》二十首に滲む淵明の苦悩とは、では一体何なのか。私の疑問は大きくなった。

ところで、《飲酒》二十首を詠んだ時期は、淵明四十一歳からの二回目閑居期の前半十四年（淵明五十四歳頃までの期間）とほぼ重なる。それは同時に、陶淵明の生きた東晋という時代が滅亡に向かう十四年とも重なるのである。政治の実権は劉裕《りゅうゆう》という、当時、世の誰からも歓迎されなかった武将の手に握られていた。その劉裕がついに淵明五十四歳の年の十二月、帝位継承を急ごうと画策して東晋の安帝を扼殺したのである。先に挙げた注目すべき詩《会ること有りて作る 幷びに序》を淵明が詠んだのは、まさにその年の十二月である。ここで補足すると、本稿ではこの詩を淵明五十四歳の作とする説を妥当とする。六十二歳作とする説もあるが、五十四歳作と推定する動かし難い根拠となるのが、まさに淵明の詩語「慷慨」である。淵明の使用した詩語「慷慨」と「慨然」の二語に着目すると、その使用期間は明確に限定されており、その事実が驚きの真相を語るのである。これもまた私にとっては発見であった。さて、話を戻そう。《会ること有りて作る 幷びに序》に淵明は詠じ、覚悟するのである。「今 我れ述べずんば、後生 何をか聞かんや」、と。すなわち「今 この思いを私が書きとどめなかったら、後世の人びとは一体何を知ることができよう」。これはまさしく陶淵明の決意表明ではないか。そうだとすれば、「田園詩人」陶淵明が、なぜかくも決然として「我れ述べん」という決意を表明したのか。私の次なる疑問となった。

それを解く鍵となるのが「淵明五十四歳 三部作」における詩相互間の呼応である。この三篇に淵明が一貫して詠ずる〈時運（すなわち今の世相）への嘆き〉は、この決意表明（「今我れ述べずんば、後生 何をか聞かんや」）が単なる情動ではないことを裏付ける。この詩に先立つ九月、「淵明五十四歳 三部作」の一篇《九日閒居 幷びに序》の結句に、淵明は

「淹留《えんりゅう》するも豈《あ》に成る無からんや」と詠じ、その内なる決意を滲ませている。すなわち、「淹留（閑居）していようとも、私の思いが何一つ成就しないということがあろうか」、と。しかるにこの結句は一般に淵明の強い〈自負〉だとの解釈がなされる。私には、この詩の内容から〈自負〉の指す内実は解釈しかねるのである。というのも詩の一句に「どうしてまた私は時運が傾いてゆくのをただむなしく見つめているのか」と詠じ、また別の一句に「隠遁生活にももとより楽しみは多くある」と詠じもするといった多義的な内容だからである。淵明が後世に名を成す自負ならば、時運の傾くを見つめる句（すなわち重九《ちょうきゅう》の節に私には飲む酒もなく「ただむなしく時運の傾くを見つめているのか」）を「淵明五十四歳三部作」に三度も繰り返す必要はなかろう。ではこれを本稿同様にまさに時運への嘆きと解釈するとしても、今度は結句を〈自負〉と解釈することに無理が生じてくる。時運の傾くを嘆きつつ「私の思いが何一つ成就しないということがあろうか」と自負するのだから、事ここに至って未だ自負とは呑気すぎるのだ。ここはやはり〈決意〉と解釈するしか筋が通らぬのである。すなわち「閑居していようとも、私の思いがどうして成就しないことがあろうか［いや、きっと成就させる］」と詠む淵明の内なる決意表明だと解釈するのである。そうなると結びの句の反語表現は、文字通りには見かけ上〈自負〉の意味とも取れるように、だがじつは淵明の胸底なる〈決意〉をそのように見せかけたのではあるまいか。本稿では、淵明は胸の奥底で「私の思いはきっと成就する［出仕でも運命でもない。それは私自身がやり遂げることなのだ］」とさとり、その露わにできぬ〈決意〉を表出したと解釈する。続く十二月、おなじく「淵明五十四歳 三部作」の一篇《歳暮、張常侍に和す》にも同様の「しかけ」を読み取ることができる。淵明は〈決意〉を文字にこそ書き表しはしなかったものの、三篇の呼応がその〈決意〉を物語るのである。「淵明四十一歳 三部作」に始まり「淵明五十四歳 三部作」に至る東晋末の閑居十四年のうちに、固窮の節を貫き、世に善を生きようと苦悩する淵明の〈心の信念〉は、こうして〈文筆の決意〉表明となる。その文筆が「田園詩人」の枠を脱する詩文になるのは避けられまい。

東晋は穏やかな時代だとするのが後世の歴史的判断かもしれぬ。だがその乱世を生きて生活した人びとにとって、穏やかな乱世などあろうはずもない。淵明詩は陶淵明の生きた時代を無視してはその真意は解釈できぬのではないか。淵明は乱世の現実の中でその志を貫き、善を生き、詩文を書き続けた。そう解釈するならば、権力者にも世間にさえもそこに注目されぬよう、「田園詩人 陶淵明」に見せかけてもそうした「しかけ」を込め、その真意を書かねばならなかった。すべて理に適う意味を帯びてくるのである。そうだとするならば、陶淵明の平明にして精緻な詩文の綾《あや》のなかに、文字には書かれず見えないけれどそこにある、淵明の真意をこそ洞察せねばならぬのではないか。

とはいうものの、諸先学の訓読と注釈に導かれて陶淵明の詩文を読むビギナーの私には、新古の文献考証を行うことを願っても到底及ばぬことである。しかし数多の「陶淵明」注釈説とは異なる仮説を試みようとするならば、どうしても論拠が求められよう。現在の私に可能で現実的な方法は、淵明詩そのもののなかに地道に論拠を見つける以外の方法は考えられなかった。かくてそこに求めた淵明詩の事象はまことに雄弁であり、やはり陶淵明は従来の解釈だけでは収まり切らぬのではないか、そう考えるに至ったのである。ここまで懸命に学び、誠実に取り組んだつもりであるが、もとより自由奔放なビギナーである。謬言と勘違いの数々は何卒ご寛恕願うばかりである。

第一部　陶淵明《飲酒》其の二一考

はじめに

「まえがき」で述べた通り、本稿は《飲酒》其の二「百世當誰傳」に新たな訓読を提案しようとする。その訓読再考を示唆する《会ること有りて作る 幷びに序》の詩作年代を推定するという難題に直面し、詩語「慷慨」に着目したことは前述の通りである。陶淵明の詩語「慷慨」は、その使用期間が明確に限定され、東晋末の世相とまさに相関する事象である。この事象から、淵明がその詩文に使用する詩語「慷慨」に新たな解釈が生じ得る。すなわち淵明は詩語「慷慨」を通例の使用認識、つまり「慷慨すべきは天下国家を憂える壮士である」を以て使用したとする解釈である。そこに〈脱田園詩人〉の視座が成立する。

本稿で考察対象とする詩文は六篇（「淵明四十一歳 三部作」及び「淵明五十四歳 三部作」）である。その六篇の詩文は相互に呼応し合い、この明確に限定される期間である東晋末の世相と符合する。一望にして淵明の真意を見事に俯瞰させるのである。もはや理屈は要るまい。陶淵明の使用する詩語「慷慨」の足跡を辿っていくと、《飲酒》より後に詠まれた《会ること有りて作る 幷びに序》の詩作年代の推定が可能となり、その《序》に詠ずる「今我れ述べずんば、後生 何をか聞かんや」に込められた淵明の〈文筆の決意〉を読み解くことが可能となる。かくて東晋末の乱世を生きた詩人 陶淵明の〈もう一つの生き方〉が浮かび上がり、《飲酒》其の二「百世當誰傳」の訓読再考の妥当性をも提示することが可能となる。

第一章　淵明《飲酒》其の二「百世當誰傳」訓読 再考

（一）仮説 訓読「百世 当に誰か伝へんや」に依り淵明を読む

『中國詩人選集四 陶淵明』（一海知義 注）にも収録される《飲酒》其の二、結びの句「百世當誰傳」において、一海知義氏をはじめ、吉川幸次郎、鈴木虎雄、斯波六郎の各氏は「百世《ひゃくせい》 当《まさ》に誰《たれ》をか伝《つと》うべき」（強調は引用者）と訓読する。すなわち「（積善には報いあり、ということばがむなしいものとすれば）むしろ貧窮に負けず、清潔さを守っていく生き方によってしか、名は後世にとどめられぬであろう」と注釈し、その典拠は『易経 繫辞伝《けいじでん》』の「善も積まざれば以て名を成すに足らず」にあるとする。ここで《飲酒》其の二を敷衍すれば、前半四句に「積善には報いありというが、それならば、人の道を踏み清廉を貫いた伯夷、叔斉はなぜ餓死せねばならなかったのか。善悪必ずしもそれ相応の報いがないのだとするならば、どうしてそうしたむなしいことばがまことしやかに伝えられてきたのか」と詠じ、後半四句に「古隠士の栄啓期は、（人として真っ当に生きていれば貧乏は当たり前、と）貧乏を苦ともせず九十の長寿を楽しんだ。ましてや私（淵明）は働き盛りの壮年だ。飢えや凍えが何だというのか。むしろ「固窮の節」を覚悟してでも、善を生きよう」と詠ずるのだ。「固窮《こきゅう》の節《せつ》」、すなわち「窮《きゅう》を固《かた》くする信念」。貧窮に屈せず、信念を貫く生き方である。だが、この淵明の覚悟は一体何のためなのか。この注釈に従えば、後世に名を成すためとなる。いやひょっとすると淵明の覚悟はそこにはないかもしれない。この詩には、もっと熱い、詩人の気迫が感じられるのである。そう考えるならば、他に訓読の余地があるのではないか。

本稿は「百世當誰傳」を「百世《ひゃくせい》当《まさ》に誰《たれ》か伝《つた》へんや」（強調は引用者）と訓読する。「誰」（主語）と読み、反語と解す。つまり後世に伝えるべきは、世を隠れた高士の〈名〉ではなく、人の世にあって人として善を生きるその〈生き方〉であると読む。すなわち「（積善には報いあり、ということばがむなしいものならば）むしろ固窮の節を守り通してでも、私は今の世に善を生きよう。後世に一体誰が伝えるというのか「もはや誰も善を生きようなどとはしない。世はまさに、あの人もこの人も我が身一つの富貴と名声の満足のために汲汲としている。人として、何の報いも望まず善を生きることなど皆が忘れ、真の満足に気づこうともしない」」と解釈する。さすれば《飲酒》其の二の結びの句は、反語による強調というより、むしろ反語表現に込めた淵明の孤憤ではないか。

じつは《飲酒》其の二に、淵明の孤憤と見られる句がもう一句ある。前半末尾の「何事立空言」、すなわち「何事ぞ 空言《くうげん》を立てし」である。「(善悪にそれ相応の報いがないのだとするならば)どうしてそうしたむなしいことばがまことしやかに伝えられて来たのか」。これについて、斯波六郎は「陶淵明について」(『陶淵明詩譯注』上篇)に、淵明はうちつづく貧窮に悩んでは、時に「深い憤りにも似た疑問」をおこさざるを得ないこともあった、と述べている。だが、それは「疑問」にとどまるものではないだろう。《飲酒》其の二は前半末尾の「何事立空言」から結句の「百世當誰傳」まで、淵明は一貫して孤憤を詠じたのではないか。淵明の詩句は抑制されているとはいえ、《飲酒》其の二には孤憤する淵明の姿が否定できないのである。淵明は何に憤るのか。

ところで《飲酒》二十首が書かれたのは、その大部分が《帰去来兮辞 幷びに序》が書かれた前後、あるいは帰田ののち折りにふれて書かれたものと推定されている。加えて《飲酒》其の十九には、「遂盡介然分、拂衣歸田里。冉冉星氣流、亭亭復一紀」、すなわち「遂《か》くて介然《かいぜん》たる分《ぶん》を尽くし、衣《ころも》を払って田里に帰る。冉冉《ぜんぜん》として星気《せいき》流れ、亭亭《ていてい》として復《ま》た一紀《いっき》」。「遂《か》くて己自身《おのれじしん》の志す道を貫こうと決意し、役人生活をきっぱりと辞めてこの田園に帰ってきた。歳月は流れ、はや十二年」と詠んでおり、ここからもその時期を推定できよう。つまり《飲酒》二十首の書かれた期間は、淵明四十一歳で官を辞し、閑居してから一紀十二年。これは、まさに劉裕《りゅうゆう》が政治の実権を掌握して以降、いよいよ帝位簒奪に狂奔した十余年に重なる。この点について、一海知義も一紀を「ここでは十年あまりと考えてよい。帰田の年（四〇五年）から十年の後とすれば、晋のほろびる数年前、既に政治の実権は軍閥劉裕《りゅうゆう》の手に握られ社会は重苦しい雰囲気につつまれていた」と注釈する（『陶淵明』）。まさしくこの十余年の世相の重なりこそが、淵明の憤りと苦悩にとって無視できぬ意味をもつのではないか。かくなる劉裕の国事のただ中にあって、如何に世に善を生き抜くのか。其の二の「百世 当に誰か伝へんや」をはじめとし、《飲酒》二十首はその苦悩と憤りの表象ではないだろうか。

さて、《飲酒》其の二に淵明の孤憤を読み取る点に於て、前述の斯波六郎は、陶淵明は「積善には報い有り」の疑問については解決していたと思われる、と述べる。だが、その件《くだり》をよく読むと、淵明がその解を出したのは『易経』にいう「積善の家には必ず餘慶《よけい》有り」の部分である。その要旨は「世にいう幸福（余慶）とは、富貴つまり衣食住の満足を意味する。すなわち、禽獣にも通ずる物質的欲望の問題でしかない。善とは、人間にのみある精神生活上の問題である。してみると善と富貴とは別問題であり、善と富貴とが一致するか否かは定まったものではない。それはその人の運命による。だから人は運命に身を委ね、一度限りのこの貴重な一生に善を追求してこそ真の満足が得られる」というものである。故に、「積善に余慶（報い）が有るか無いか」が問題ならば、「人は運命に身を委ねて善を追求すべきだ」、との解は成り立つ。淵明は善を生きることに疑問はないと言えよう。だが、《飲酒》其の二で淵明が問題とするのは、「積善や積不善に報いが応ずるか否か」である。先の『易経』にはその後半部分があり「積不善の家には必ず餘殃《よおう》有り」という。余殃とは、悪事の報いのことである。淵明が《飲酒》其の二に詠んだ伯夷、叔斉は、仁なき周王の禄を食むことを潔しとせず西山に隠れた。富貴（余慶）など望みもせず人の道を踏み清廉を貫いた。しかるに餓死せねばならぬとは、一体何の報いか［それはかりか、世の積不善にすら報いがない」。これもその人の運命によるとするのでは、それは解にはならぬだろう。やはり、淵明は時世を孤憤した。そう理解するのが妥当ではないか。

本節の終わりにあたり、「百世當誰傳」の訓読において言及しなければならない釈清潭の解釈（『陶淵明集』、國譯漢文大成）がある。釈氏は「固窮の節に頼《よ》らずんば、百世 當に誰か傳ふべき」（強調は引用者）と訓読する。「誰」（主語）と訓読する点で本論「百世当に誰か伝へんや」と一致するのである。しかしながら釈氏はこう訓読した上で、「善悪《ぜんあく》不應《ふおう》と云ふと雖《いへど》も、善卽《すなは》ち固窮の節は守らざるべからず、百世も千世も傳ふべきなり」と注釈する。淵明が後世にとどめ伝えんとしたのは「固窮の節」なのか。

　ここで今一度考えたい。本論では《飲酒》其の二に、抑制しつつも孤憤する淵明の姿を見た。かの栄啓期も、伯夷、叔斉も、人の道を踏み清廉を貫いた。だが貧窮し、あるいは死なねばならなかった。かりに孔子がそれを「善《よ》き哉《かな》」と評したとしても、淵明は〈窮士の悲惨〉を「非」と嘆き、そんな世を憤ったのではなかったか。確かに淵明自身は「固窮の節」を貫いてでも今の世に善を生きようと覚悟した。だが「固窮の節」は、淵明自身が今の世に善を生きるやり方であって、〈窮士の悲惨〉を「是」とする淵明はどこにもいない。「固窮の節」をすなわち善そのものとするのは、淵明にとって筋が違うのではないだろうか。釈氏はまた曰く、淵明は「慨《がい》して以て慷《かう》し、（中略）然るに其の憂憤の態度を露はさずして恬澹閑静《てんたんかんせい》の生涯を終り、隴畝《りょうほ》の民《たみ》と稱したる」、と。隴畝の民とは、農民である。「もし淵明にして儒《じゅ》や老荘《ろうそう》の学問なかりせば、其の人憂憤のうちに自ら身を傷《いた》め、天然を全うせざりしものと思ふ」と述べる。だがこの解釈においても、淵明の生き方を捉える視点には本論との相違が生じてくる。

本論では、陶淵明の「固窮の節」とは、信念に背かずその志を貫くために依拠せざるを得ない乱世の現実であって、淵明が今の世に追求する「善」そのものではない、との視点に立つ。つまり本論の訓読と解釈は、釈氏の訓読とその解釈とも違うのである。《飲酒》其の二において、この相違は非常に重要であると考える。

（二）淵明《会ること有りて作る 幷びに序》が示唆する淵明の覚悟

《飲酒》其の二よりも後年に詠まれた淵明詩に《会《さと》ること有りて作る 幷びに序》がある。その創作年代は不詳とされるものの、淵明壮晩年の五十四歳作、あるいは六十二歳作とする二説がある。いずれも推定であるゆえ、私見は後説する（本章 第三節と第四節）が、五十四歳作の説に従う。

この詩の《序》に、「旬日已來、始念飢乏。歳云夕矣、慨然永懷。今我不述、後生何聞哉」（強調は引用者）、すなわち「旬日已来《じゅんじついらい》、始めて飢乏《きぼう》を念《おも》う。歳《とし》は云《ここ》に夕《く》れなんとし、慨然《がいぜん》として永《なが》く懐《おも》う。今 我れ述べずんば、後生《こうせい》 何をか聞かんや」と詠ずる。「始めて飢乏を念う」の一句が事実か誇張かはひとまず置くとしても、ここで淵明は「今 我れ述べずんば、後生 何をか聞かんや」と明確に詠ずるのである。淵明壮晩年の世相を考えると、かくも明確に詠ずるに至ったということは、まさに淵明の心の内にも世の中にも〈何ごとか〉が生起した、と考えるのが妥当ではないか。少なくとも「今、この思いを私が書きとどめておかなかったら、後世の人々は一体何を知ることができよう［今こそ私が書かないでどうするのか］」と詠ずる淵明がそこに居ることは確かである。世に「田園詩人」と称される陶淵明には、まちがいなくもう一つの生き方があるのではないか、と考えさせる詩である。

この〈何ごとか〉を機に、はたと「会《さと》ること有り」、それが確固たる信念によって明確に押し出された句が「今 我れ述べずんば、後生 何をか聞かんや」ではなかったか。だが乱世にあって、かくなる決意の表明が単に〈徳や才〉だけで覚悟できることだとは考えられない。ならば、淵明が辿り着いたこの生き方の兆しともいえる信念の声が、この詩に先行する他の詩のどこかに表現されているのではないか。この着眼によって、じつは本論仮説（訓読「百世 当に誰か伝へんや」）は生まれた。世間に広く知られる「田園詩人 陶淵明」という枠や、《飲酒》其の二「百世當誰傳」における従来の訓読や解釈をいずれもリセットしたとき、この一句は改めて「百世 当に誰か伝へんや」とも訓読できるのであり、「今我れ述べずんば、後生 何をか聞かんや」の決意へと底流する〈信念の声〉そのものとも解釈し得るのではないか。

(三)《会ること有りて作る 幷びに序》の詩作年代を探る

ここで、前掲の《会ること有りて作る 幷びに序》の創作年代の問題を取り上げなければならない。逯欽立《りょくきんりつ》をはじめこれを淵明六十二歳の作と推定する説は多い。だが私見では、李長之《りちょうし》の淵明五十四歳作の説を妥当と見る。理由の第一は、劉裕が前前年から二度にわたる北伐を成功させ、この年、安帝を弑した史実にある。李長之がこの詩の《序》に詠まれる「飢乏」の根拠に挙げるのは、北魏（北朝）の正史『魏書』巻百十《食貨志》である。敵国側による記録であることを断りながら「晋末に天下は大いに乱れ、人民は行き場がなくなり、兵火に巻きこまれて死ぬもの、或いは飢饉にあって斃《たお》れるものが続出し、わずかに生き残ったものは百人中十五人ほどであった」と書かれた晋末の世情である。実際、劉裕の北伐勝利は人々が兵禍や飢えに耐えた「百年の悲願達成」などではなかった。それが劉裕一人の帝位簒奪への「名目」に過ぎなかったことは、敵国のみならず国内でも気づき始めていたとされる。果たして淵明五十四歳の十二月末、安帝は扼殺される。

李長之の挙げる根拠に加筆すれば、劉裕は安帝を扼殺した翌年一月、恭帝を立てる。翌翌年には恭帝に譲位を迫り自らが帝位に即く。その翌年には恭帝をも「毒殺」した。この恭帝毒殺の年に書かれたとされるのが淵明《述酒》である。かの魯迅が、「田園詩人」という名をもらった陶潜（陶淵明）も当時の政治について述べていると指摘した（「魏晋の気風および文章と薬および酒の関係」）一篇である。千五百年も後の世の人である魯迅にその政治的意味が理解されるのであれば、当時の世にあってはその意味は、はるかによく理解されたであろう。すなわち淵明はこの時すでに政治について述べる覚悟ができていた、と前提できるのではないか。そこに至ったのは、「名目」だけの北伐によって人々を兵禍と飢えに曝し、簒位のために安帝を弑するという軍閥劉裕の仁なき国事にある。〈今の世に善を生きよう〉とする淵明が嘆き憤らなかったとは考え難い。かつて劉裕は、クーデターを起こして帝位に即いた桓玄《かんげん》を「誅殺」した。だがその桓玄すら皇帝を弑してはいない。劉裕の安帝扼殺に何の憤りも持たず、また何も書かなかったとすれば逆に疑問さえ残る。《会ること有りて作る 幷びに序》はまさに、「今 我れ述べずんば、後生 何をか聞かんや」とその覚悟を明確に述べた詩である。だとすれば、それを述べたのは《述酒》（推定淵明五十七歳作）より前の年代、淵明五十四歳作とするのが妥当ではないか。東晋末の乱世の世情と、《会ること有りて作る 并びに序》の詩の内容とを考え併せても不都合はない。事実、その二年後、劉裕が帝位に即いて国号を「宋」と改めた時、淵明は「宋」を認めなかった。それだけでなく、国号改まってからの紀年すら使わなかった。さらには自分の名まで「潜」と改めた。あたかも劉裕の宋を認めず、深く潜《もぐ》り身を潜《ひそ》めることを表明したとも私には見えるのである。

五十四歳作を妥当とする第二の理由は、淵明五十四歳の年に書いた《歳暮《さいぼ》、張常侍《ちょうじょうじ》に和す》にある。この年に没した友人で親戚でもある張野を悼んだとする。「市朝悽舊人、驟驥感悲泉。明旦非今日、歳暮余何言」、すなわち「市朝《しちょう》は旧人を悽《せい》たらしめ、驟驥《すうき》は悲泉《ひせん》を感ぜしむ。明旦《めいたん》は今日《こんにち》にあらず、歳暮《さいぼ》余《わ》れ何をか言わん」。「世の中の変事は古い世代の私を悲しませ、**日**が一日千里の**馬**の如く速足で悲泉（太陽の没する所）に沈んでゆくのもまた悲しい。時はたちまち過ぎ去り、私ももう晩年に至ったことをしみじみと感じさせる。今日が終わり、明日の朝、また今日の続きがあるとは限らぬのだ。かくて一生もこの歳も暮れていく。もはや何をか言わん」とあり、李長之は、張野の死に司**馬**徳宗（安帝）の死を重ねて詠じたと推測している（太字は引用者）。鈴木虎雄は、この詩はただ歳暮の感を述べたものと解釈するも、結びの句「履運増慨然」の「履運」、すなわち「運を履《ふ》みて」

の注釈においては劉履の「安帝扼殺を寓す」との説をあげ、「さもあるべし」と述べている。いずれにしてもこの詩は、張野への哀悼に終始するものではないと解釈できるだろう。

加えて、私見ながら、淵明がこの詩に秦の穆公《ぼくこう》を引用したことに注目したい。前述の四句に続けて「素顔斂光潤、白髪一已繁。闊哉秦穆談、旅力豈未愆」、すなわち「素顔《そがん》光潤《こうじゅん》を斂《おさ》め、白髪一《いつ》に已に繁し。闊《うと》いかな秦穆《しんぼく》の談、旅力《りょりょく》豈《あ》に未だ愆《あやま》らざらんや」。「私はもうとっくにやつれ衰えた白髪の老人であるが（老人であっても使い道はあると言った）秦の穆公は迂闊にも寛大なことを言われたものだ。年をとって体力の衰えぬものがどこにあろう」、と詠ずる。だがこの詩に秦の穆公を登場させた真意は、単なる我が老いの釈明などではあるまい。斯波六郎や鈴木虎雄の解釈にあるごとく一見「自嘲的」とも「反用」とも見えるが、じつは淵明の胸の奥底に涌き起こる〈我が使い道〉への暗示とは考えられまいか。それと言うのも、この詩の結びの二句である。「撫己有深懐、履運増慨然」（強調は引用者）、すなわち「己《おのれ》を撫《ぶ》して深き懐《おも》いあり。運を履《ふ》みて増《ま》すます慨然《がいぜん》たり」。「（富貴だとか貧賤だとか思い煩うこともない。この身がやつれ衰えるのも自然の移りゆくままだ）我が身をしみじみ撫《な》でてみる、だがこの私の胸の奥底には深い懐いがある。（朝代が変わるという）時運に巡り合わせ、嘆かわしさはますます募るばかりである」、と詠じている。

淵明の詠むこの〈我が胸底の深き懐い〉が劉裕北伐の頃（いや、もっとはるか以前）から涌き起こっていたことを勘案するなら、安帝扼殺がその懐いを決定的に強めたのであり、「増」、すなわち「増すます」の一語はまさしく淵明の懐いの実質的表出ではないか。時運ここに極まれり［この現実を前にして、私は何もせずただ嘆き憤るだけか］、と。そこにあるのは、（老人であっても使い道はあると言う）秦の穆公に暗示される〈我が使い道〉に呻吟する淵明の姿ではないだろうか。同時に、この詩は《会ること有りて作る 幷びに序》の萌芽、あるいは呼応さえ感じさせるのである。

一方、淵明六十二歳作と推定する根拠に挙げられるのは、蕭統《しょうとう》の『陶淵明傳』だとする。こうである。時の政変首謀者の一人であった檀道済《だんどうさい》は、劉裕没後、劉裕の第三子がその帝位を簒奪する功を成し、江州刺史《こうしゅうしし》の官位を得る。かねてより聞き及んでいた「潯陽《じんよう》の三隠《さんいん》」と称される陶淵明（六十二歳）を病の床に見舞いに行き、「賢者の処世法は、天下に道が行われなければ隠れ、道が行われているならば現れると言われている。この文明の世に、あなたはどうしてそれほど自分を苦しめるのか」、と出仕を勧める。しかし淵明は、「賢者だなどとは到底及びもつかぬこと」、と出仕を断る。実際このとき、淵明は飢えに痩せ衰え、病は重篤の淵にあった。だが、肉と粱《りょう》（大粒の良質の粟）を贈られるも受け取らなかったとある。この状況が《会ること有りて作る》の本文内容に符合すると解釈されるようである。その一つが「菽麦實所羨、孰敢慕甘肥」、すなわち「菽《まめ》と麦とは実《まこと》に羨《うらや》む所にして、孰《たれ》か敢えて甘く肥えたるを慕わん」。「私はただ飢えをしのぐだけの豆と麦が欲しいだけで、決して美味で贅沢な食べ物を望んでいるわけではないのだ」、と詠ずる二句であり、またもう一つが「固窮夙所歸、餒也已矣夫」、すなわち「固窮《こきゅう》は夙《つと》に帰《き》する所なり、餒《う》えや已《や》んぬるかな」。「「固窮」はもとより私の覚悟していたことである、このひもじさは致し方のないことではないか」、と詠ずる二句である。

　しかしながら、《会ること有りて作る》の《序》には「今 我れ述べずんば、後生 何をか聞かんや」と淵明の明確な決意がある。その決意の背景にあるのは、もはや「農人にはどうしようもない災禍」の現実であり、それはすなわち、飢えざるを得ぬ人びとの溢れる世情の現実である。まさしく、「施しを恥じて餓死した男」の寓意に込められた「飢えてムダ死にしてゆく人びと」の姿ではないか。この背景において、今、後世に伝えるべきが一人淵明の「固窮の節」では符合しないだろう。加えて、淵明にとって「固窮」の信念は、「飢寒の咎《とが》は已に在り、何ぞ天を怨まん」（《怨詩楚調、龐主簿・鄧治中に示す》）と覚悟し、「理なれば 奈何《いかん》すべき」（《雑詩》其の八）と納得した、いわば「自分事」である。何より淵明の「固窮の節」とは、乱世に善を生き抜くために淵明が依拠せざるを得なかった現実、すなわちやり方であって、淵明が人として追求した善そのものではなかったはずである。人びとのこの現実を前にして、自らの役割とは何なのか。それこそが「今 我れ述べずんば、後生 何をか聞かんや」の決意と覚悟ではなかったか。

(四) 淵明の詩語 ――「慷慨」と「慨然」―― から読む詩作年代

《会ること有りて作る 幷びに序》の詩作年代推定に当たり、もう一つの方法、すなわち淵明詩に使われる「慷慨《こうがい》」と「慨然《がいぜん》」という二つの詩語に着目する方法で探ってみたい。「陶淵明詩文集（原文）」（李長之、『陶淵明』）所収 百三十六篇（詩 百二十四篇、文 十二篇）について検索したところ、そのうち詩十篇、文二篇のなかの十四句にその二つの詩語の使用が確認できた。この二語に着目する理由は、この二語の使用期間が明確に限定される点にある。使用期間が限定される二語を確認できたこと自体、詩作年代推定に立ち向かう私にとって大きな発見だったと言えるかもしれない。そこで当該詩語「慷慨」と「慨然」を陶淵明の「詩作年代推定のためのキーワード詩語」と仮に呼ぶことにする。「慷」も「慨」も元来、感情が強く高まって胸が一杯になり、はあ、と息が出ること。ゆえにこの二語には、「嘆き」あるいは「感心感動」の二つの意味が派生する。

本稿の考察範囲においては、派生する二つの意味のうち「嘆き」の意味の詩語に限定すべく、「感心感動」の意味で使われる次の四句は除いた。すなわち（a）《劉柴桑に酬ゆ》の中で使われる「櫚庭多落葉、慨然知已秋」＝詠嘆感慨、淵明（推定）四十五歳、（b）《長沙公に贈る 幷びに序》の中の「慨然寤歎、念茲厥初」＝悲嘆嘆息、四十一歳から五十六歳の期間（長沙公陶延壽が軍職にあった時期と陶淵明が潯陽にあった時期の重なる期間）、（c）《荊軻を詠ず》の「素驥鳴廣陌、慷慨送我行」＝悲壮激情、および（d）《擬古 其の四》の「古時功名士、慷慨争此場」＝勇猛果敢、ともに淵明（推定）五十七歳、の四句である（強調は引用者、また次の（1）～（10）の強調も引用者）。

したがって、「嘆き」を意味する「慷慨」と「慨然」の考察対象は、次の十句十例となる。

（1）《雑詩 其の九》の「慷慨思南歸、路遐無由緣」

（2）《雑詩 其の十》の「慷慨憶綢繆、此情久已離」

（3）《帰去来兮辞 幷びに序》の「於是悵然慷慨、深愧平生之志」

（4）《士の不遇に感ずる賦 幷びに序》の「讀其文、慨然惆悵」

（5）《士の不遇に感ずる賦 幷びに序》の「此古人所以染翰慷慨、屢伸而不能已者也」

（6）《士の不遇に感ずる賦 幷びに序》の「伊古人之慷慨、病奇名之不立」
（7）《羊長史に贈る 幷びに序》の「愚生三季後、慨然念黄虞」
（8）《怨詩楚調、龐主簿・鄧治中に示す》の「慷慨獨悲歌、鍾期信爲賢」
（9）《歳暮、張常侍に和す》の「撫己有深懷、履運増慨然」
（10）《会ること有りて作る 幷びに序》の「歳云夕矣、慨然永懷」

（5）と（6）の「古人の慷慨」は、あるいは対象から除くことも可能であろうが、淵明がこの時にこの「嘆き」を詠じたという観点からあえて除いていない。

考察対象となる前掲十句のうち（1）が初出の一句である。淵明三十五歳、劉牢之の北府軍で孫恩の乱（一揆）鎮圧に加わっていた頃の作と推定されている。その詩は「平役人として遠征に出たが、私の心は故郷にある。はるか東海の地を転々とし、夜軍《よいくさ》に苦しむ。荒涼とした異郷での寂しさは募るばかりで、どうしようもなく家族のことを思う。やり切れなさが込み上げてきて帰心は募るのに、路は遠く通行困難で帰る手立てもない」と詠ず。この初出の「嘆き」は、一揆鎮圧のいくさの現実の中で帰心募る思いを詠ずとは言え、自分事と見え、社会性を意識した嘆きを表出したとは見えない。ただし後年書かれた《飲酒》其の十、「在昔曾遠遊、直至東海隅」で始まる詩がこの遠征を指すならば、懐旧の形で表出されたのは「恐此非名計、息駕歸閒居」、すなわち「此れ名計に非《あら》ざるを恐れ、駕《が》することを息《や》めて閒居に帰れり」である。要は、在昔《むかし》遠征で詠んだ「帰心募る思い」について、その心情を改めて詠んだのである。が、《飲酒》二十首の書かれた時期を考え併せれば（本章第一節）、淵明がかつての遠征を懐旧したことには理由があるのだろうと推測できよう。敢えて懐旧して詠んだその詩を、ただ表面のことばのまま素直に「食べるために遠征した私のやり方は間違っていた」と解釈し、それで納得できたというわけにはゆかぬだろう。やはり、「恐此非名計」の「名計」には、露わにできぬ淵明の真意が隠されていると解釈するのが自然ではないか。すなわち「此れ名計に非ざるを恐れ、役人をやめた」真意とは、「一揆鎮圧のいくさにおける北府軍の目に余るやり方」にあったのではなかったか。事実、このいくさで「功績」を挙げ、頭角を現したのは劉裕であった。

とは言え、社会性を込めたことばとして「慷慨」と「慨然」の詩語を使用したと考えるのは（2）から（10）までの九句となる。（2）から（9）までは、ほぼその詩作時期が推定されており、その時期は（2）（3）（4）（5）（6）が淵明四十一歳から四十二歳、桓玄が「誅殺」された翌年、淵明が二回目の閑居を決断した年である。（2）の《雑詩》其の十については後述する（本章 第五節）通り異説があるが、本稿では逯欽立の注釈に従い（3）の《帰去来兮辞 幷びに序》と同年の作とし考察対象とする。（4）（5）（6）は、「陶淵明事迹詩文繫年」（逯欽立、『陶淵明集』）に基づく。この《士の不遇に感ずる賦》の《序》に淵明は「夫導達意氣、其惟文乎。撫卷躊躇、遂感而賦之」、すなわち「夫《そ》れ意気を導達するは、其《そ》れ惟《た》だ文《ぶん》のみか。巻《かん》を撫《ぶ》して躊躇し、遂に感じて之《これ》を賦す」と嘆じ、思うところを述べた賦《ふ》である。《感士不遇賦》本文の下四句に「誠謬會以取拙、且欣然而歸止。擁孤襟以畢歳、謝良價於朝市」、すなわち「誠に謬会《びゅうかい》し以て拙《せつ》を取り、且つ欣然《きんぜん》として帰らん。孤襟《こきん》を擁《よう》して以て歳を畢《お》え、朝市《ちょうし》に良価を謝す」。「謬《あやま》ってこんな生き方を選んでしまったが、富貴や名声のために自分の志に背くことはできぬ。官を辞し、喜んで郷里に帰ってきた。これからは余生を独り隠居し、いかに高給で招聘されようとも二度と出仕はしないと決心した」とある。一方、《帰去来兮辞》の本文にも「世與我而相違、復駕言兮焉求」、すなわち「世と我れとは相違《あいたが》えるに、復《ま》た言《ここ》に駕《が》して焉《なに》をか求めんや」。「世間と私とはどうにも相容《あいい》れぬのに、また出仕して一体何を求めようというのか」とある。これら酷似する閑居の決意内容から推測すれば、《感士不遇賦 幷びに序》は《帰去来兮辞 幷びに序》と同時期の作と推定できる。（7）（8）（9）は淵明五十三歳と五十四歳、と推定されている。劉裕の北伐成功と、翌年の長安再失陥および安帝扼殺の年である。つまるところ（2）

から（9）までは、淵明四十一歳から五十四歳までの限られた時期に書かれたことが推定されているのである。言い換えれば、この詩語は「桓玄誅殺」の翌年から「安帝扼殺」の年までの期間に使用が限定されることになる。これは、劉裕が帝位簒奪に狂奔した世相とまさしく相関しているのである。繰り返すが、このキーワード詩語二語の使用が明確に限定される期間とは、劉裕が帝位簒奪に狂奔したその期間とぴたりと重なることを指す。使用期間が限られたこのキーワード二語を以て考察すれば、その創作年代が不詳とされる（10）の《会ること有りて作る 幷びに序》も、おそらくはこの限定された期間に書かれたと考えるのが妥当ではないだろうか。よって、筆者も陶淵明五十四歳の作と推定したい。

その詩（10）の《序》に淵明は詠ずるのだ。「頗爲老農、而値年災。日月尚悠、爲患未已」、すなわち「頗《すこぶ》る老農と為れるに、而《しか》も年災に値《あ》う。日月《じつげつ》は尚《な》お悠《ゆう》として、患《わざわ》いを為すこと未だ已《や》まず」。「かなり経験を積んだ農夫になったつもりの私だが、それでもどうしようもない災禍に遭ってしまった。被害は未だ収まらず（もはや収穫は望めない）」、と。そしてついに淵明はその決意を述べる。「旬日已來、始念飢乏。歳云夕矣、慨然永懷。今我不述、後生何聞哉」、すなわち「旬日已来《じゅんじついらい》、始めて飢乏《きぼう》を念《おも》う。歳《とし》は云《ここ》に夕《く》れなんとし、慨然として永く懐《おも》う。今 我れ述べずんば、後生 何をか聞かんや」。「十日ほど前から、ひもじさが頭を離れなくなった「農夫はみな農耕の苦しさを知っている。だが、怠けたことなど一度もない。それでも家には飢えないだけの豆と麦さえ残らず、今またこうして災禍に遭い、どうすることもできず死に追いやられていく」。嘆きと憤りが静まらぬ中で、私はじっと考え込む。今、この思いを私が書きとどめなければ、後世の人びとは一体何を知ることができよう」、と。

かくして、淵明は《会ること有りて作る》の本文で、粥の施し方に腹を立てて餓死した男を「非」と詠じ切り、「固窮は夙《つと》に帰する所なり」と詠ずるのである。まさに、ここにこそ淵明の生き方と覚悟が読み取れるのではないか。淵明自身は、「固窮の節」は自らが選んだ生き方であるから飢えるのは致し方なしとする。だが、ふつうの人びとがムダ死にせざるを得ないような今の世のありさまを後世の誰が知り得ようか。この現実の中で私は如何に善を生きるべきか。「今 我れ述べずんば、後生 何をか聞かんや」と憤ったと考えるのである。命がこんなものであってはならぬのだ。そうであるからこそ淵明はあたかもその男を難ずるがごとく「深念蒙袂非。嗟來何足吝」、すなわち「深く、袂《たもと》を蒙《こうむ》りしものの非なるを念《おも》う。嗟来《さらい》 何《なん》ぞ吝《お》しむに足らん」、と詠じ切ったのだ。施しを恥じて袂で顔を隠し、施す者の無礼に腹を立てて結局餓死した男を「非」と断じたのである。「投げ捨てられたような食べ物を受け取ることは潔しとしないなどと、たったそれしきのことで心を悩ますこともなかろう」、と。だが淵明が非としたのは、〈餓死した男のその心の潔さ〉では決してないだろう。深く考えた上で、非としたのは〈餓死した男のムダ死にしたその命〉ではなかったか。淵明は、心底から〈人びとよ、その命を生きよ〉と声を上げたのである。一体、この生活は本当に人びとの「非」であるのか。《会ること有りて作る 幷びに序》は、まさに淵明の憤りと、世に為すべきことを為さんとする覚悟を込めた決意の表明であるだろう。

この二語のキーワード詩語による詩作年代の推定は、もちろん一つの方法によるものである。したがって、(10)《会ること有りて作る 幷びに序》を、このキーワード詩語の例外的使用として、淵明六十二歳作と考えることも否定はできないかもしれない。しかし、このキーワード詩語には、劉裕が帝位簒奪に狂奔した世相との明らかな相関が見られた。その相関を無視するというならばともかく、それを無視することなく東晋末の詩として捉えるならば、やはり淵明五十四歳作と推定するのが妥当であろう。

【参考までに、ここ第四節で取り上げたキーワード詩語（「慷慨」と「慨然」）使用例全十四句（淵明詩と文）の訓読を示す】

（ａ）《劉柴桑《りゅうさいそう》に酬《むく》ゆ》「櫚庭《りょてい》に落葉《らくよう》多し、慨然《がいぜん》として已《すで》に秋なるを知る」

（ｂ）《長沙公《ちょうさこう》に贈《おく》る 幷《なら》びに序《じょ》》「慨然《がいぜん》として寤《さ》めて歎《たん》じ、茲《こ》の 厥《そ》の初《はじ》めを念《おも》う」

（ｃ）《荊軻《けいか》を詠《えい》ず》「素驥《そき》広《ひろ》き陌《みち》に鳴《いなな》き、慷慨《こうがい》して我が行《こう》を送る」

（ｄ）《擬古《ぎこ》 其の四》「古時《こじ》 功名《こうめい》の士《し》、慷慨《こうがい》して此《こ》の場《じょう》を争《あらそ》う」

（１）《雑詩《ざっし》 其の九》「慷慨《こうがい》して南帰《なんき》を思うも、路《みち》 遐《はるか》にして由縁《ゆえん》無し」

（２）《雑詩 其の十》「慷慨《こうがい》して綢繆《ちゅうびゅう》を憶《おも》う、此《こ》の情《じょう》 久《ひさ》しく已《すで》に離《はな》る」

（３）《帰去来兮辞《ききょらいのじ》 幷《なら》びに序《じょ》》「是《ここ》に於《お》いて悵然《ちょうぜん》として慷慨《こうがい》し、深く平生《へいせい》の志《こころざし》に愧《は》ず」

（４）《士《し》の不遇《ふぐう》に感《かん》ずる賦《ふ》 幷《なら》びに序《じょ》》「其《そ》の文《ぶん》を読み、慨然《がいぜん》として惆悵《ちゅうちょう》す」

（５）《士の不遇に感ずる賦 幷びに序》「此《こ》れ古人《こじん》の翰《ふで》を染《そ》め慷慨《こうがい》し、屢《しばしば》伸《の》べて已《や》むあたわざる所以《ゆえん》の者《もの》なり」

（６）《士の不遇に感ずる賦 幷びに序》「伊《こ》れ古人《こじん》の慷慨《こうがい》し、奇名《きめい》の立たざるを病《や》む」

（７）《羊長史《ようちょうし》に贈《おく》る 幷《なら》びに序《じょ》》「愚《ぐ》 三季《さんき》の後《のち》に生まれ、慨然《がいぜん》として黄虞《こうぐ》を念《おも》う」

（８）《怨詩楚調《えんしそちょう》、龐主簿《ほうしゅぼ》・鄧治中《とうちちゅう》に示《しめ》す》「慷慨《こうがい》して独《ひと》り悲歌《ひか》す、鍾期《しょうき》は信《まこと》に賢《けん》なりとなす」

（9）《歳暮《さいぼ》、張常侍《ちょうじょうじ》に和《わ》す》「己《おのれ》を撫《ぶ》して深き懐《おも》いあり、運《うん》を履《ふ》みて増《ま》すます慨然《がいぜん》たり」
（10）《会《さと》ること有《あ》りて作《つく》る 幷《なら》びに序《じょ》》「歳《とし》は云《ここ》に夕《く》れなんとし、慨然《がいぜん》として永《なが》く懐《おも》う」

（五）淵明《雑詩》其の十「慷慨して綢繆を憶う」を詠じた時期とその思い

本論仮説（訓読「百世 当に誰か伝へんや」）の考察に加えたい淵明の詩に、《雑詩》其の十がある。無題詩十二篇を纏めた《雑詩》十二首の中の一篇である。『中國詩人選集四 陶淵明』（一海知義 注）には《雑詩》其の一から其の八が収録されるものの、残念ながら、其の九以下四首は発想、用語ともに難解で疑問箇所が多いとして収録されてはいない。このように難解とされる其の九以下四首の中の其の十こそは、ここで取り上げたい詩である。逯欽立《りょくきんりつ》がこの詩の後半、九句目と十句目「慷慨憶綢繆、此情久已離」（強調は引用者）、すなわち「慷慨して綢繆《ちゅうびゅう》を憶う、此《こ》の情《じょう》久しく已に離る」に於て、綢繆《ちゅうびゅう》とは「經營國事」を指し、此《こ》の情《じょう》とは「作官心情」を指す、と注釈するまさにその詩である（『陶淵明集』、中國古典文學基本叢書）。本論における解釈も、逯欽立が注釈するごとく、淵明は綢繆、すなわち「經營國事」を慷慨し、此の情、すなわち「作官心情（仕官する思い）」が心を離れて已に久しい、と詠ず――つまるところ〈官を辞するの思いを詠ず〉と読む。この詩はやはり淵明がその去就の決意を詠じたと読まないわけにはいかないだろう。少なくとも、陶淵明の〈人として如何に今の世に善を生きるか〉の覚悟に迫ろうとするならば、逯欽立の注釈の妥当性を吟味することは避けられない。

淵明は《雑詩》其の十を次のように詠み始める。「閑居執蕩志、時駛不可稽。驅役無停息、軒裳逝東崖」、すなわち「閑居して蕩志《とうし》を執《と》る、時は駛《は》せて稽《とど》むべからず。役《えき》に駆《か》られて停息《ていそく》無く、軒裳東崖《けんしょうとうがい》に逝《ゆ》く」。「閑居（二十九歳、一回目の閑居）して自分の志を固く守ってきたが、時だけが駆け抜けて行きとどめようもない。任務に駆り立てられること止まず、今また遠く都に使いする」。かくて淵明が都へ使いしたのは、まさに劉裕が桓玄を「誅殺」した翌年である。淵明が都で謁見した都督軍事こそ劉裕であった。今やその権勢をほしいままにする劉裕は、間を置かずして東晋の軍権すべてを掌握する都督中外諸軍事に就き、帝位簒奪へと猛進していく。この謁見の思いを淵明はこう詠ずる。「泛舟擬董司、寒氣激我懐」、すなわち「舟を泛《うか》べて董司《とうし》（都督軍事者）に擬《まみ》ゆれば、寒気我が懐《ふところ》を激《げき》す」。「舟に乗って董司に謁見しに行ったが、ぞっとする寒気が私の懐《ふところ》を貫き、胸底にある私の懐《おも》いを激《げき》した」、と。そして詩の後半、九句目からの四句「慷慨憶綢繆、此情久已離、荏苒經十載、暫爲人所羇」、すなわち「慷慨《こうがい》して綢繆《ちゅうびゅう》を憶《おも》ふ、此《こ》の情久《じょうひさ》しく已《すで》に離《はな》る。荏苒《じんぜん》として十載《じっさい》を経《ふ》、暫《しばら》く人の羇《き》する所《ところ》と為る」。「出仕するたび、私は嘆きと憤りの堪えがたい気持ちで同僚の国事のやり方を見てきた。ずっとそう思いながらもとりあえず役人を勤めてきたが、ずるずると十年、もうきっぱりとここまでだ」、と詠ずるのである。

官を辞するの思いを詠じたと読むこの《雑詩》其の十、また、淵明四十一歳、二回目の閑居を決意して詠んだ《帰去来兮辞　幷びに序》、そして閑居して一紀、十二年を経て詠んだ《飲酒》其の十九（第一章　第一節）は、いずれも詩作の時期が近接する、ないしは重なる詩である。詩作の時期の近接ないし重なりというこの事象は、難解とされる《雑詩》其の十の真意を理解する手掛かりとして重要な事実となる。

ただし逯欽立の注釈による《雑詩》其の十の解釈〈淵明四十一歳で官を辞するの思いを詠じた〉詩には他に異論もあり、いましばらくその異論の概略を一、二例記そうと思う。そうすることによって其の十の詩作時期ばかりか、「經營國事」への淵明の苦悩にも触れることができるだろうと考えるからである。まず其の十の九句目、「慷慨《こうがい》して綢繆《ちゅうびゅう》を憶う」に使われる難解な語の一つ、詩語「綢繆」について、後藤秋正は、逯欽立の注釈は根拠が不明であるとする（「「慷慨」の軌跡」補稿――陶淵明における慷慨について――）。曰く、

《雑詩》其の十はテクストに少なからぬ異同があり、「綢繆」の詩語についてもいくつかの異解がある。「綢繆」は、ほとんどの注釈者は『詩経』唐風を引いて「夫婦の仲睦まじい様」とするが、王叔岷は、李陵《りりょう》の詩「獨有盈觴酒、與子結綢繆」、すなわち「ただ盃に盈《みち》た酒があるのみ、子《し》と綢繆を結ばん」を典拠例として挙げ「友情の細やかなこと」とする、と。これらの注釈について後藤は、「友人と夫人の差こそあれ、離れている親しい人物を想定する点では共通している」として両注釈を共に是とする。だが、逯欽立の「經營國事」という注釈は、清の邱嘉穂の発言によるものだろうが、「綢繆」にそのような意味を込める根拠が不明である、と異を唱えるのである。

では、後藤の述べる「綢繆」の注釈によって、其の十の九句目からの四句「慷慨憶綢繆、此情久已離。荏苒經十載、暫爲人所羈」の解釈は成り立つであろうか。後藤は、詩作の背景は不明としながらもこの詩を、官途で異郷にあった淵明が、束縛の多い人間関係の中で「なつかしい友人のもとへ思いをはせていたこと」を懐旧した詩である、つまり、故郷への思い昂《たか》ぶる詩だと解釈する。しかし、前半二句を「故郷の友へ抱く思慕の情は、すでに離れてからも長く続いたものだ」と解釈するにせよ、後半二句に詠ずるのは閑居(二十九歳、一回目の閑居)してから「荏苒經十載」であり、「いつしか十年が過ぎてしまった」という淵明の来歴は変わらない。すなわち淵明が四十歳前後で異郷にあったとする解釈は動かせない。淵明が四十歳前後で東崖（都　建康一帯）にあった可能性を考えれば、逯欽立が注釈するように淵明四十一歳《乙巳《きのとみ》の歳三月、建威参軍と為り、都に使いして銭渓《せんけい》を経《ふ》》の詩にある都への使いが考えられるだけである。そうだとするならば、前述の通り、淵明が都で謁見した都督軍事とは今や権勢をほしいままにする劉裕である。たとえ淵明の望まぬ官途であったにせよ、使いした都でのこの劉裕の国事の現実のただ中で、一人淵明だけが何ゆえ故郷のなつかしい友へ思いをはせ、しかも懐旧してまで詠ずる必然性があるのか。「荏苒《じんぜん》として十載を経《ふ》」を詩作の背景を探る手掛かりと見るならば、詩語「綢繆」の上記の出典例だけに依る解釈には、やはり疑問が残る。言うまでもなく「（故郷の友へ抱く思慕の情は久しく）異郷にあること十年」、とすることもできない。なぜなら淵明が四十歳前後まで継続して異郷にあったと解釈すると、淵明が三十六歳冬からは東ではなく西の江陵にあったことや、三十七歳冬からは故郷の母の喪に服し、すでに潯陽に帰っていたとされる淵明の来歴との間に齟齬が生じるからである。

後藤と同様、「綢繆」を「なつかしい夫人」と注釈する鈴木虎雄は、前述の「十載」についで次のように注釈する。すなわち、十載は「これも大概にていふとみるべし、此の語による事実の考証は徒労なり」（『陶淵明詩解』）、と。だが筆者は、国文学に於て浅見和彦が『方丈記』の読みで示したように、淵明が「十載」と書いてそれが文字通り「十年」として淵明の来歴がほぼ通るのなら、それを尊重することを第一とし、まず「十年」として解釈を始めるのが妥当であると考える。詩作の背景も探らないまま、後世の注釈者の解釈に合わせて「大概」に過ぎぬと判断するのは納得しかねるのだ。

この《雑詩》其の十は、テクストにも異同がある。その五句目、逯欽立は「泛舟擬董司」、すなわち「舟を泛《うか》べて董司《とうし》に擬《まみ》ゆ」と作るテクストに依るが、釈清潭（第一章第一節）は「沉陰擬薫麝」、すなわち「沉陰《ちんいん》 薫麝《くんじゃ》に擬《ぎ》し」と作るテクストに依っている。薫麝とは、焚きしめた麝香《じゃこう》である。先に述べた後藤秋正、鈴木虎雄も釈と同様である。しかしながら釈は、この首の前半六句と後半六句は韻目《いんもく》が違い、「或は謂う二首なりしものを一首と偽《に》せしにやと、此の首は頗る拙に屬し、陳祚明も、沉陰の句頗る自然を缺くと評せり」、と述べる。そうだとすれば、「沉陰擬薫麝」と作るテクストに依る注釈者たちは皆一様に、この詩が不自然さを免れぬと述べていることになろう。それにも拘わらず、「泛舟擬董司」と作るテクストに依る解釈を試みようとしなかったのは疑問である。

その理由の一端は、《雑詩》其の十の一句目の解釈の違いにも表れる。「閑居執蕩志」、すなわち「閑居して蕩志《とうし》を執《と》る」の解釈においてである。釈は、「閒居は蕩志にあらず、蕩志は閒居にあらず。而して閒居が主となれば蕩志は執らるる所以」と注釈し、「閒居して蕩志《とうし》即《すなは》ち遠行《えんかう》の志を抑《おさ》ふれば」と解釈する。蕩志とは蕩《たぎ》る志、すなわち天下に孤行する生気みなぎる猛志である。釈の如く「閒居は蕩志にあらず」と注釈するならば、まさしく閑居した淵明は蕩志を抑えた「田園詩人」そのものとなろう。一方、「泛舟擬董司」と作るテクストに依る逯欽立は、この句の「蕩志を執る」を「志を堅持する」と注釈し、「閑居して以て自分の志を固く守った」と解釈する。その解釈はまさに正反対なのである。

　では淵明における「閑居して蕩志を執る」とは如何に解釈すべきなのか。淵明詩の次の二篇に、「淹留《えんりゅう》」すなわち「閑居」について、〈相反する心情〉を詠じた二句がある。この二句は淵明の矛盾とも見えるのだが、じつはここに一つの糸口が捉えられよう。その一句は、《飲酒》其の十六「行行向不惑、淹留遂無成」（強調は引用者）、すなわち「行《ゆ》き行《ゆ》いて不惑《ふわく》に向《なんなん》とするに、淹留　遂《か》くて成る無し」。「閑居して四十になろうという頃になっても、私は何の志も成就できなかった」である。もう一句は、《九日閒居《きゅうじつかんきょ》　幷びに序》（推定淵明五十四歳、逯欽立「陶淵明事迹詩文繫年」）の結びの句「淹留豈無成」（強調は引用者）、すなわち「淹留するも豈《あ》に成る無からんや」。「かくじっと閑居していようとも、私の思いが何一つ成就しないということがあろうか」である。ここで注目したいのが、閑居（淹留）への〈相反する心情〉を抱いたその時期である。「淹留 遂くて成る無し」は淵明四十歳の頃であり、「淹留するも豈に成る無からんや」は淵明五十四歳である。まさしくそれは、淵明四十一歳からの二回目の閑居期前半十四年を挟んだ前と後ということになる。もはや繰り返すまでもない。この〈相反する心情〉は、劉裕が帝位簒奪に狂奔するその十四年の間に起きた心情の変化であることが一望できるであろう。

淵明五十四歳、《会ること有りて作る 幷びに序》に詠じた「今 我れ述べずんば、後生何をか聞かんや」（本章 第四節）の決意とともに、これら淵明五十四歳作と推定できる詩に読み取れるのは、「私の志は私自身がやり遂げることだ」とさとった淵明の覚悟と決意である。ここにおいて、淵明の閑居への〈相反する心情〉とは、「閑居してその志を固く守った」淵明が、この十四年の苦悩のうちに辿り着いた「決意」への道程であり、まさに〈順当な心情〉の表白であると解釈できるのである。この淵明四十一歳からの閑居期における「志の堅持」を以てすれば、況んや若き淵明二十九歳からの閑居期においてをや。《雑詩》其の十の一句目「閑居して蕩志を執る」は、逯欽立の注釈のごとく淵明は「閑居して自分の志を固く守った」と読むのが妥当ではないだろうか。

本稿は逯欽立の注釈に依り、《雑詩》其の十を〈淵明四十一歳で官を辞するの思いを詠じた〉詩であると解釈する。したがって「荏苒經十載」の「十載」を文字通り十年と読む。すなわち、淵明四十一歳で都へ使いした時の詩と読み、淵明がこの官途に於て遂行すべき任務とは、今や都督軍事となった劉裕に謁見することであったと解釈する。それは取りも直さず、淵明自身がそのやり方をずっと見てきた劉裕が、まさしく国事の実権を掌握する統治者となった姿と対面することに他ならなかった。劉裕と淵明は、かつて同僚であった。淵明三十五歳の年、東海の地で孫恩らが起こした一揆を鎮圧した劉牢之の北府軍に共に加わっていたとされる。だが彼らのやり方に堪えられず「此れ名計に非ざるを恐れ、駕することを息《や》めて閒居に帰れり」と辞職したのは先述の通りである（第一章第四節）。ここで、陶淵明が四十一歳で官を辞するまでを概観すると、三十七歳の春か前年の冬、江陵に赴き桓玄に仕えた。そのころ東晋王室は、北府軍よりも勢力のあった西府軍率いる桓玄を恐れており、征討を正式決定するのであるが、北府軍率いる劉牢之は結局、桓玄に投降し自害に至るのである。だが劉裕は認められて桓玄に仕えたというわけである。淵明はと言えば、江陵に赴いて程なく休暇を願い出て郷里に帰った。夏に江陵へ戻るも、冬には郷里で母の喪に服していたのである。その淵明三十九歳の十二月、桓玄が遂にクーデターを起こし、帝位に即いた。しかし、翌年二月には劉裕が桓玄討伐を起兵し、五月には「誅殺」という名目で桓玄を亡き者にした。かくして劉裕は安帝を復位させた「東晋王室の英雄」として絶大な権力を掌握することに成功するのである。淵明が都へ使いしたのはその翌年である。

かくも錯綜した国事や人間関係の背景の中で《雑詩》其の十を詠じたのである。そう考えるならば「荏苒經十載、暫爲人所羈」の二句は、やはり「ずるずると十年、とりあえず役人を勤めてきた。だが、もうきっぱりとここまでだ」とその思いを解釈できよう。続く二句には「庭宇翳餘木、倏忽日月虧」、すなわち「庭宇 余木に翳《かげ》り、倏忽《しゅくこつ》として日月 虧《か》く」。「家や庭も荒れ、茂るにまかせた庭木に覆われ薄暗くなっている。あやうく私はこの貴重な歳月を無駄に使い果たしてしまうところだった」、と詠ずる。これら末尾の四句を以て淵明の真意を読み解くならば、〈官を辞する〉の表象であると考えざるを得まい。すなわち《雑詩》其の十は、詩の前半をこの都への使いの叙述、後半を淵明自身の十年にわたる仕官への総括、と解釈し、〈淵明四十一歳で官を辞するの思いを詠じた〉詩であると推定しても年譜上の齟齬はない。まさに淵明は、乙巳《きのとみ》の歳三月に都へ使いし、乙巳《きのとみ》の歳十一月、官を辞して故郷に帰り、《帰去来兮辞 并びに序》を書き上げ閑居したのである。

ところで、逯欽立は「綢繆」という詩語について「經營國事」(『陶淵明集』)を指すと注釈する。だがここで《雑詩》其の十を〈官を辞するの思いを詠じた〉詩と推定するだけでは、注釈への異論（すなわち「綢繆」という詩語にそのような意味を込める根拠が不明であるとする後藤の異議）に対して十分な反論を示したことにはならない。なぜなら従来、陶淵明が〈官を辞する〉とは、出仕による心の束縛から解放され、いわゆる「自然に帰る」との了解が一般的とされるからである。その例証としてしばしば挙がるのが次の詩である。「少無適俗韻、性本愛邱山」（《園田の居に帰る》五首、其の一）、すなわち「少《わか》きより俗に適《かの》うの韻《しら》べなく、性《せい》本《も》と邱山《きゅうざん》を愛せし」。「若い頃から私は世間とうまく調子を合わせて行けない性分で、もともと丘や山を好んだ」。そしてこの詩の結びの句が「復得返自然」、すなわち「復た自然に返るを得たり」。「今、ようやくまたもとのありのままの自分に返ることができた」である。なるほど、従来の「田園詩人」という範疇にとどまる例証としてならば、「故郷の田園に帰り、もとの自由な自分に返る」淵明をそのことば通り受け入れることができるだろう。だが、今一歩淵明の真意を汲もうとするならば、こうした範疇においてのみ解釈する淵明詩を、そのまま、官を辞し閑居する淵明の〈真意〉の例証として読むわけにはいかない。

さて、陶淵明が《帰去来兮辞 幷びに序》を書いて閑居したのは世に知られるところである。その《序》の末尾に淵明は「自《みずか》ら免《めん》じて職を去る。仲秋《ちゅうしゅう》より冬に至るまで、官に在《あ》ること八十余日。事《こと》に因《よ》りて心《こころ》に順《したご》う、篇《へん》に命《な》づけて《帰去来兮《ききょらいけい》》と曰《い》う」と記す。実際、この一篇に〈官を辞するの思い〉を述べる淵明はまことに「田園詩人」と称されるに適う詩句を使っている。ただし、注目すべきは淵明がこの《序》の詩句の中に、本節で論ずるところの詩語「慷慨」（《雑詩》其の十の九句目「慷慨憶綢繆」で使用）を使うことである。こうである。まず先行する四句がある。「質性自然、非矯励所得。飢凍雖切、違己交病」、すなわち「質性 自然にして、矯励《きょうれい》の得るところに非《あら》ず。飢えと凍えは切なりと雖《いえど》も、己《おのれ》に違《たが》えばこもごも病《や》む」。「ありのままの自分で生きる性質というのは、どうにも直しようがない。官を辞すれば飢えて凍えるのは分かってはいるが、自分を曲げれば次つぎと内心の苦しみが纏《まつ》わりついて離れない」、と。だが続く四句において詩語「慷慨」を使うのである。「嘗従人事、皆口腹自役。於是悵然**慷慨**、深愧平生之志」、すなわち「嘗《かつ》て人事に従いしも、皆 口腹《こうふく》のために自《みずか》ら役《えき》す。是《ここ》に於いて悵然《ちょうぜん》として慷慨《こうがい》し、深く平生の志に愧《は》ず」、と（強調は引用者）。

　してみると《帰去来兮辞 并びに序》と《雑詩》其の十は、共に同じ時期に作られ、しかも同じ詩語「慷慨」を使った〈官を辞する〉の詩であり辞であると考えられる。それでは、その思いを詠ずる淵明の使う詩語「慷慨」の意味とは何であるのか。

なかんずく《雑詩》其の十の九句目「慷慨して綢繆を憶う」において、「綢繆」と共に使われた詩語（「慷慨」）であり、その詩語（「慷慨」）が同じ時期に作られた《帰去来兮辞并びに序》においても使われた事実である。これまでに述べてきたように、この二篇は〈官を辞するの思いを詠じた〉詩と辞であると考える。加うるに、この詩と辞に共通して使用された詩語「慷慨」は、明確に限定される期間に使用された詩語である（本章 第四節）。だとするならば、逯欽立の注釈（詩語「綢繆」に「經營國事」の意味を込める注釈）は根拠が不明である、とする異議の妥当性を検討するためには、やはりこの詩語「慷慨」をも合わせて考察することこそ、「綢繆」に込められた意味に迫れる近道であると考える。

先述の後藤は、「慷慨」という詩語について、この語が辿った歴史を次のように述べている（「「慷慨」の軌跡」補稿）。「慷慨」の語の使用は『楚辞』に始まる。その使用三例はいずれも君子たる者の、君主に受け入れられぬ苦悩の叫びが籠められている。これが詩語としての「慷慨」の原点である。漢代に入ると、不遇の士がその憤りと嘆きを表す語として定着してゆき、やがて魏の曹植や次の嵆康において「自己の現実と理想のはざまから直線的に吐かれた叫び」として文学作品に表現される。ところが、暗黒の時代背景をもつがゆえに阮籍にあっては、その曹植的な「慷慨」の内実を仮想の世界に託して表現せざるを得なかった。さらには、敵国晋に仕える羇官《きかん》の身の陸機（呉の人）に至っては、その志を露わに表現することはできず、亡国の悲惨極まる故郷を思い、望郷の念という、より痛切な感情を「慷慨」の語に籠めざるを得なかった。かくして曹植において頂点を極めた「慷慨」という詩語は、「高い志と現実との乖離から生まれる叫び」としての内実を大きく変質させた、と。そして淵明の《雑詩》其の九と其の十における「慷慨」については、「表面的にはいずれも旅先での感懐を詠ずるもの」であり、この陸機を踏まえた「望郷の念」であるとしている。その上で、淵明においてはそれが「明確に精神の安息を得られる場所」としての故郷をなつかしんで胸が昂る状態を表現するものとして「慷慨」の語がある、と論じる。

淵明の《雑詩》其の九と其の十における詩語「慷慨」が、純然たる「望郷の念」だとするならば、すでに考察したように、《雑詩》其の十「慷慨して綢繆を憶う」の一句については二つの疑問点が生じてくる。一つは、詩作の背景は不明だとしながらも淵明が官途の旅先にあって詠んだことのみを以て、異郷での感懐を詠じた純然たる「望郷の念」であると解釈してしまってよいものだろうか。いま一つは、純然たる「望郷の念」であると解釈するがゆえに、詩語「綢繆」をも安易に「故郷のなつかしい友人への思慕の情」であると解釈してしまってよいものだろうか。

もしかしたら淵明も、「望郷の念」に見せかけてその露わにできぬ「高い志と現実との乖離から生まれる叫び」を表現せざるを得なかった、と考える余地はないだろうか。あるいは、「綢繆」は「故郷のなつかしい友人」ではなく、じつは「劉裕」を指すと解釈することも可能ではないか。仮にこれらの推測に立てば、其の十の詩語「慷慨」の解釈に於ても、阮籍が「慷慨」の内実を仮想に託さざるを得なかった用法と同様、淵明も「綢繆」にもとの同僚劉裕を念頭に「經營國事」を仮想し、その詩語「慷慨」に「高い志と現実との乖離から生まれる叫び」を込めざるを得なかった、とも考えられるのだ。しかし、端《はな》から「田園詩人 陶淵明」を前提とする解釈に限定し、旅先（異郷）にあって使った「慷慨」であることのみを以て、当然のごとく純然たる「望郷の念」であると解釈してしまってよいものだろうか。

本稿における「慷慨」や「綢繆」の解釈においては、かつて暗黒の時代を生きた阮籍や陸機に見られる詩作法同様、東晋末という乱世にその志を貫き、しかも時代から逃げず、今の世に善を生き抜こうとした陶淵明の〈詩語使用法〉として新たな視点からその読解を試みる。すなわち、《雑詩》其の十の九句目の詩語「綢繆」に、淵明は「もとの同僚劉裕」を想定し、そこに逯欽立の注釈する「經營國事」を仮想せざるを得なかった、と解釈する。乱世にその思いを露わに表現することができなかった淵明は、その仮想に「高い志と現実との乖離から生まれる叫び」、すなわち〈帝位簒奪に狂奔する劉裕の積悪不仁きわまる国事〉への嘆きと憤りを込め、まさに「慷慨」せざるを得なかったと解釈するのである。「田園詩人」と称されるに適う詩語の典拠例（に内在する意味）に囚われてしまうことなく、その詩作の時期や詩の生まれた時代の現実を詩全体から読み解くならば、其の十の九句目「慷慨して綢繆を懐う」は、後藤の論ずる純然たる「望郷の念」という解釈では収まり切らず、この一句に淵明が込めた劉裕の「經營國事」への嘆きと憤りが読み取れることを否定することができないのである。魯迅が語るように「戦乱も見なれたし、帝位の奪い合いも見慣れたし、文章はずっとおだやかになった」という東晋末の世にあって、淵明の態度は魏末の嵇康や阮籍に比べてずっと自然であり、そのため世間の注意をひかなかっただけのことであろう（「魏晋の気風および文章と薬および酒の関係」）。そしてそれが時代の気風であったならば、淵明はそれ故いっそう世間の注意を引かぬよう抑制し、自然でなければならなかったのだ。皮肉なことに暗黒の時代背景をもつ阮籍や羈官の陸機と同じく苦悩し孤独であっただろう。阮籍の如く、淵明の詩語「慷慨」に〈陶淵明の仮想法〉を想定しなければ、《雑詩》其の十を詠じたその真意に迫ることはできないのではないか。

後藤はまた前掲の論文で、故郷を思って「慷慨」するのはごく自然な感情の流露であるが、類似の表現が旅先（異郷）にあって詠んだ他の淵明詩にもしばしば見られるのかと言えば決してそうではない、とも述べる。なぜなら、慷慨すべきは天下国家を憂える「壮士」であるとするのが通例の使用認識だったからだとする。実際、後藤の論ずるところの純然たる「望郷の念」を表すとされる詩語「慷慨」の使用例は、淵明詩全体で二例のみである。しかもそのうちの一つ《雑詩》其の十は、すでに本節で〈淵明四十一歳で官を辞するの思いを詠じた〉詩であると解釈した（其の九は本章 第四節）。してみると、淵明詩における詩語「慷慨」の使用の根底においては淵明もやはり「天下国家を憂える」通例の使用認識を外れてはいなかった、と考えるのが妥当ではないか。いわんや《帰去来兮辞 幷びに序》は淵明が官を辞し故郷にあって閑居する思いを述べた辞そのものである。これらを勘案すれば、《帰去来兮辞 幷びに序》における詩語「慷慨」の使用は、淵明が「天下国家を憂える」認識を以て使ったと解釈せざるを得ないのではないか。すなわち《帰去来兮辞 幷びに序》と《雑詩》其の十は、通例の「天下国家を憂える高い志と現実との乖離から生まれる叫び」

を込めた詩語「慷慨」を使って〈官を辞するの思いを詠じた〉詩であり、辞であると解釈したい。

何よりまず、《帰去来兮辞 并びに序》において詩語「慷慨」が使われたその四句の精緻な読解が求められる。その平明なことばに惑わされてしまわぬように読み解くことが重要である。前述の通り先行する四句がある。「質性自然、非矯厲所得。飢凍雖切、違己交病」、すなわち「質性 自然にして、矯厲《きょうれい》の得るところに非ず。飢えと凍えは切なりと雖も、己に違《たが》えばこもごも病《や》む」。続く本題の四句はこうである。「嘗従人事、皆口腹自役。於是悵然慷慨、深愧平生之志」、すなわち「嘗《かつ》て人事に従いしも、皆 口腹《こうふく》のために自《みずか》ら役《えき》す。是《ここ》に於《お》いて悵然《ちょうぜん》として慷慨《こうがい》し、深く平生の志に愧《は》ず」。これを従来通りに読めば、「これまで役人生活を続けてきたが、どれも私が望んだ出仕ではなかった。ただ食べるために自分を曲げてきた。そう思うと、嘆きと憤りがとめどなく込み上げてきて、私は深く平生の志に恥じ入った」となるだろう。実際、そう述べてあるのだから、誰もが先行する四句と続く本題の四句とを合わせた八句をその並びのままに素直に読み、そのことばのままにそう読解するのではないだろうか。そしてそこに〈ただ口腹のために己を曲げ、役人生活を続けてきた自分〉を嘆き憤る淵明の姿が見えてくるのである。しかも淵明は先立つ四句に於て、

〈官を辞するは何となれば「質性自然」のためである〉と明快に述べてもいるのだから。しかしこれでは、まことに以て従来から了解されてきた通り、官を辞するは〈出仕による束縛から解放されて田園に帰り、もとの自由な自分に返るためである〉とする「田園詩人陶淵明」の姿そのものではないか。迂闊にも、筆者もかつてはそう読んだのである。

いや、むしろ淵明は見事にそう見せかけたのではないだろうか。そして、その見せかけに成功したとも言えるのである。だが本節（第五節）の考察に基づけば、〈食べるために自分を曲げて出仕した自分事を「慷慨」する淵明〉という解釈は、基本的には成り立たないはずなのである。なぜならまず第一に、「慷慨」という詩語の使用には、そこに「慷慨すべきは天下国家を憂える壮士である」（「「慷慨」の軌跡」補稿）とする通例の使用認識が込められていた。第二に、詩語「慷慨」の使用そのものにおいては、淵明も「天下国家を憂える」通例の使用認識を外れてはいなかった、と結論した。加えて、本章第四節「淵明の詩語――「慷慨」と「慨然」――から読む詩作年代」において、その使用期間が明確に限定される詩語「慷慨」と「慨然」の二語には、劉裕が帝位簒奪に狂奔した世相との相関が見られることを考察した。これらのいずれをとっても、淵明の使う詩語「慷慨」には〈劉裕の国事〉への憤りや「天下国家を憂える」高い志が込められていることは否定できないのである。すなわち、〈食べるために自分を曲げて出仕した自分事を「慷慨」する〉という解釈は成り立たないのである。

　そうであるならば、淵明にはそのように見せかけねばならぬ理由があったと推測せざるを得ない。だが、いずれにせよ、淵明が「慷慨」という詩語を使用したこの四句は、〈劉裕の国事〉の現実や「天下国家を憂える」高い志への含意がなければ解釈は成り立たないということになろう。この点こそが肝要である。ましてや淵明自身がこの四句の前後をして「質性自然」や「様々な自分事」の所為《せい》に見せかけたとするならば、なおさらその解釈には〈洞察力〉が求められるということである。この〈洞察力〉の大切さは人が持つべき常の事であると、淵明自身が《飲酒》其の十一にも詠じているのである。「人當解意表」、すなわち「人びとよ 当《まさ》に意表を解すべし」。「すべてものごとは何が肝要か、隠れていてもそこにある真の意味をこそ深くさとるべきなのだ」、と。もっともこの一句が、本題四句の解釈に洞察力が求められるという点において、ただちにその根拠につながると主張しているわけではない。

　とは言うものの淵明の述べんとする真意はどこに隠されているのか。本題四句をじっと考えてみるに、三句目「於是悵然慷慨」の句頭「於是（是《ここ》に於《お》いて）」にあるのではないか、と推論せざるを得ない。つまり淵明はそれをことばで表現しなかった。いや、できなかったのではないか。本題四句の前半二句を詠んだ後、淵明は〈沈黙〉した、と推論するのである。三句目の「於是」に至るまでの間の〈沈黙〉である。その〈沈黙〉の中で、淵明は自らの視点を見せかけの〈ことばの表現〉、すなわち「食べるために出仕した自分事」から当に《まさ》〈沈黙の表現〉、すなわち「劉裕の仁なき国事」へと移行させた、と推論するのである。文字には書かれず隠されていてもそこにある〈沈黙のことば〉に込められた「意表」をこそ深く洞察することが肝要なのである。

　淵明はまた、《飲酒》其の十八の下四句に詠じている。「有時不肯言、豈不在伐國。仁者用其心、何嘗失顯默」、すなわち「時ありて肯《あ》えて言わざるは、豈《あ》に国を伐《う》つことに在《あ》らざらんや。仁者 その心を用うるに、何ぞ嘗《か》つて顕黙《けんもく》を失《しっ》せん」。「時にはどうしても答えようとしないことがある。それは他国を侵略する方法を聞かれた時にちがいない。仁者たるものがその心をはたらかせれば、どうして雄弁と沈黙とを取り違えることなどあろうか」、と。無論、《飲酒》其の十八の表面の意味は「他国を征伐することについては仁者に問わぬもの（仁者がその心をはたらかせれば、必ず黙す）」というのであろう。だが、まさに東晋末の現実社会に身を置いた淵明が、官を辞するの思いを詠じた《帰去来兮辞 并びに序》においても沈黙せざるを得なかったとするならば、〈沈黙のことば〉に込めた淵明の真意をこそ見落としてはならぬのである。すなわち、三句目の句頭「於是（是に於いて）」がこの〈沈黙の表現〉の内実を示唆すると読み解くならば、「［劉裕の仁なき国事のやり方を思うほどに］悵然として慷慨し、深く平生の志に愧ず」、と後半二句を続けたと解釈できるのである。一海知義も、《飲酒》其の十八の作られた頃、「既に淵明の仕えた晋の国が、もとの同僚劉裕にほろぼされ（四二〇年、淵明五十六歳）、宋国の世になっていたか、あるいはそうした形勢が既にきざしていたとすれば、下四句は深い寓意をもつであろう」、と注釈する（『陶淵明』）。かくて、その〈沈黙〉の中で「天下国家を憂える」淵明の姿は詩語「慷慨」の通例の使用認識とも矛盾せず、《帰去来兮辞 并びに序》の中で使う淵明の詩語「慷慨」の解釈も成立する。

すなわち本題の四句は、「これまで役人生活を続けてきたが、どれも私が望んで出仕したのではない。ただ食べるために自分を曲げてきた。［――いや、そういうことではない。出仕の束縛から自由になりたいと嘆くのではない。家族を養うに耐えられぬ苦労などあるはずもない。だがこの苦しみはそうではない。見よ、今や劉裕が天下にその権勢をほしいままにしている。しかしどれも帝位簒奪のはかりごとばかりではないか。これが国事だというならば、たとえ飢えて凍えようとももはや出仕などできぬ」、かく思うほどに、嘆きと憤りが胸の奥底からとめどなく込み上げてきて、私は平生《へいせい》の自分の志に深く恥じ入った。「信念に背かず、自分の心が決めた道を進んでゆけばよい」」、となろう。淵明の詩語「慷慨」の考察を重ねた先に見えてきたのは《帰去来兮辞 幷びに序》の〈沈黙の表現〉に隠された淵明の真意である。それは、劉裕の国事を慷慨して官を辞し、自分の志を守って孤行を覚悟する淵明の生き方であり、「田園詩人」と称される詩人のまさに〈もう一つの生き方〉である。かく解釈するならば、この辞と同じ時期に、同じ詩語「慷慨」を使って書かれた《雑詩》其の十も、まさに劉裕の国事を慷慨し、〈官を辞するの思いを詠じた〉詩であると解釈せざるを得ないだろう。

最後に、《雑詩》其の十「慷慨して綢繆を懐う」の詩語「綢繆」の注釈への異論について述べるならば、つまり詩語「綢繆」に「經營國事」という意味を込める逯欽立の注釈は根拠が不明である、という異議に対する反論は、もはや示すまでもないだろう。逯欽立の注釈の根拠は、まさに本稿で考察してきた通り、そしてまさしく《帰去来兮辞 幷びに序》の詩語「慷慨」に集約されるように、淵明の詩語「慷慨」にあると考える。「綢繆」に「經營國事」の意味を込める出典例は、どうやら書物には見つけられないかもしれぬようだ。

しかし東晋末、劉裕が簒位に狂奔する時代の変遷を自ら生きた陶淵明が、もとの同僚劉裕を念頭に置いて、「經營國事」を詩語「綢繆」に仮想し、〈劉裕の仁なき国事〉への嘆きと憤りを露わに表現することもできず、日々のありふれた情景の中で日常のことばのようにじつに自然に詩語「慷慨」に込めていった足跡が、東晋末十四年の淵明詩において鮮明に読み取れるのである（本章 第四節「淵明の詩語――「慷慨」と「慨然」――から読む詩作年代」）。使用期間が明確に限定されるこの詩語の事例は動かしがたい事象として認めないわけにはゆかぬだろう。出典例を挙げることが基本であるのは論を待たない。だが、淵明の使用した詩語「慷慨」に着目し、その詩語の使用法や使用認識を丁寧に辿って行くと、淵明の揺るぎない生き方に裏打ちされた〈たとえ隠されていてもそこにある〉淵明の真意が浮かび上がってくるのである。加えて、まさに《雑詩》其の十によって、《帰去来兮辞幷びに序》にも沈黙して述べなかった淵明の、「經營國事」への鮮烈な思いや、二度と再び出仕することなく、重ねての招聘にも応じなかった二回目の閑居への覚悟が、より深く理解できるのである。

三十七歳の時、淵明は《辛丑《かのとうし》の歳、七月、赴仮《ふか》して江陵《こうりょう》に還《かえ》らんとし、夜、塗口《とこう》を行く》に「養眞衡茅下、庶以善自名」、すなわち「真《しん》を衡茅《こうぼう》の下《もと》に養い、庶《ねが》わくは善を以て自《み》ずから名づけん」、と初初しく詠じた。しかし「あのあばら家の下《もと》で、ありのままで素朴なこころをしっかりと守りそだて、自《みず》らかえりみて善と名づけうるような人になりたい」と願った淵明の善は、もはや一人清らかな自分事ではなくなったのである。世に我が志を得る地はどこにもなく、むしろ、志に背く出仕の日々に淵明は「閑居」と「出仕」との間で揺れ、苦悩し続けたであろう。だが現実の社会と時代を自ら生きずして、自らの志の何が分かろうか。《雑詩》其の十にある都への使いで、もとの同僚劉裕に謁見したことはまさに覚醒すべき社会の現実であり、淵明に真に善を生きる意味と向き合わざるを得ぬものを残したであろう。

だが淵明は栄啓期にはなれぬ。もし栄啓期と同じなら《飲酒》二十首もその他の淵明作品も生まれなかったであろう。たとえ栄啓期の生き方は願わしく勇気づけられようとも、栄啓期が「心を世々に染めて騒がるる事、極《きわめ》て墓無《はかな》き事也《ことなり》」（『今昔物語集』鈴鹿本）、と達観したようには淵明は人間社会を超越することはできなかった。また時代を諦めることもしなかった。淵明《飲酒》二十首には、〈今の世に如何に善を生き抜くか、如何にこの命を真に満足して生き切るか〉、その孤独で人間的な苦悩の道程が読み取れるのである。

第二章　《飲酒》其の二「百世 当に誰か伝へんや」の含意

(一) 異文化を併せもつ隠者 淵明

そもそも、道が失われた乱世に、〈知識人たち〉は如何に生きたのであろうか。

『孟子 盡心章句上』には、志《こころざし》を得ぬ境遇にあり「窮《きゅう》すれば則ち獨《ひと》り其の身を善《よ》くし」、志を得て活躍の地にあり「達《たつ》すれば則ち兼《か》ねて天下を善《よ》くす」とある。また『論語 季氏第十六』には、「隠居《いんきょ》して以て其《そ》の志《こころざし》を求《もと》め、義《ぎ》を行《おこな》ひて以て其《そ》の道《みち》を達《たっ》す。吾其《われそ》の語《ご》を聞く。未だ其《そ》の人を見ざるなり」とある。つまり、世の中に道が失われた時は隠遁するのである。だが孔子でさえ「世間から隠退しても志を高く保ち、正義を行ってその道を実現しようとする」のは困難であり、吾《われ》「未だ其の人を見ざるなり」と言っているのである。しかもそれは困難であるばかりか身の危険をも伴うのである。だが、世が混乱した時代、不満を抱かせる事実が社会にあり、またそれに同調したくないのであれば、山沢に逃避するか、あるいは諫めて殺されるか、実際二つの道しか残されていない。そこで独り其の身を善くしようと「逃避する」者たちは、その行為に理論づけをしていったのである。逃避行為が最も崇高で、争わず身を保つ最も適切な方法である、と。これが道家思想《どうかしそう》の出発点である。やがて道家思想が盛行するようになると「隠遁それ自体」に価値と理屈が存することになる。魏晋に入り、老（子）・荘（子）を標榜する玄学《げんがく》（俗世を超越し、自分本来の分《ぶん》に則《のっと》り自ら満足を得て安んずることこそ「無為自然」である、という言説に見られる学問）が盛行してくると、隠者の地位の崇高さが広く社会に認められるようになり、世情がどうであれ隠者は高尚なる者であるとされた。そうなると、「天下を慷慨する」意義や意図は消え失せ、「身を保ち、よい時を待つ」という思想すらなくなる。隠者たちがもはや世情の事に全く関心を持たなくなると、「隠遁のための隠遁」がぞくぞくと出てくるのである。こうなると、世を隠れた隠士の処世法というのは権力者たちの「偽善」にも利用される。

権力者たちは、我が天下に道が行われているという〈証《あかし》〉として隠士の出仕を利用する。たとえば江州刺史檀道済（本論第一章 第三節）である。「潯陽の三隠」と称される淵明を病の床に見舞い、「賢者の処世法は、天下に道が行われなければ隠れ、道が行われているならば至《いた》るといわれる」と出仕を勧めた。淵明がこの檀道済の招聘を断ったのは六十二歳である。実際、淵明の貧窮状態も病状も極めて厳しくなっていたが、おそらく淵明にも檀道済の「たくらみ」が分かっていただろう。肉と粱を贈られるも受け取らなかったことは先述した通りである。それ以前にも淵明は四十九歳の時、著作郎に徴《ちょう》（隠士を召し出す）されるも就かず、周續之、劉遺民とともに「潯陽の三隠」と称された。さらに五十四歳の時には著作佐郎に徴されるも辞退している。この時の江州刺史王弘《おうこう》も、すでに「潯陽の三隠」と称されていた淵明に熱心に面会を求めており、また、よく酒をおくり届けたという。ところで檀道済の肉と粱は受け取らなかった淵明が、酒ならば受け取っていたというこの逸話の内実は、そう単純なものではなかっただろう。王弘が江州刺史になったのは淵明五十四歳、安帝が扼殺された年である。まさに淵明が《会ること有りて作る 并びに序》に「今 我れ述べずんば、後生 何をか聞かんや」と詠じて〈文筆の決意〉をした年である。ならば、こうした酒は淵明にとってまことに厄介なものであろう。王弘の酒を受け取ったというこの話には、じつは〈乱世になお善を生きよう〉とする淵明の深い覚悟の貫き方が表れていると見てよいのではないだろうか。すなわち淵明は、劉裕が政治の実権を握る世にあって、江州刺史王弘に対してもまさに「政局に関心のない酒びたりの隠士」を演じなければならなかったのではないか。もっとも、王弘から届けられた酒とはいえ酒くらいで淵明が「固窮の節」を曲げるはずもなかろうが、淵明は「酒びたりの気楽な隠士」と見せかけるためには酒を受け取り、時に王弘に請われれば飄々と共に酒を飲む「酔っぱらいの淵明」でなければならなかった、そう考えるのが妥当ではなかろうか。

　魏晋の時代は、漢末以来の社会不安と道家思想や仏教思想の台頭とにより、知識人たちはいずれも「隠を以て高潔とし、閑居を希求」した。実際、彼らの出処進退には政治上の嫌疑がかけられやすく命は常に危険に晒されていた。だが一般的には、世を避け身を全うする「隠遁のための隠遁」をするか、あるいは隠遁に伴う苦しさや農耕の困難は避け、その「意《こころ》を得る」ことさえできれば「出仕も隠遁も帰する所は同じ」と時世の宜しきに従い出仕を続けていたのである。謝霊運《しゃれいうん》（三八五―四三三）は、陶淵明と同じく東晋から南朝宋を生きた「山水詩人」であるが、命を落とした一人である。明の張溥《ちょうふ》は嘆じた。謝霊運は「隠遁したことはしたが、きっぱりと田舎に帰った陶潜（陶淵明）のようではなかった」、と。政争に巻き込まれ、一度は郷里に帰るが朝廷に呼び戻される。しかし処遇を不満とし、病気だと称して再び郷里に帰る。だが結局処刑されてしまうのである。知識人たちには過酷な社会の現実であり、時代の変遷である。とは言えやはり、現実逃避にしか見えない。それは権力者を支えぬ生き方、あるいは乱世の残忍な政争に対する消極的な抗議であったかもしれぬ。だが淵明は、高尚なことばだけの善に身を隠すことはしなかった。「天下を慷慨する」隠者であり続けたのだ。まさに孔子の言う「世間から隠退しても志を高く保ち、正義を行ってその道を実現しようとする」困難と危険とを文字通り生き抜いたのである。「穏やかな田園詩人」に見せかけても、また「酔っぱらいの淵明」に見せかけても権力者から遠ざかり、それでもなおこの社会の現実に我が身を置いて生活し、今の世に善を生き切ったのである。

閑居した淵明は生きるために全力で農耕に取り組んだ。農耕に熟達する中で〈太古の人々のような、素朴な、宇宙に身をまかせた人間〉の心に近づいてゆく。《庚戌《かのえいぬ》の歳、九月中、西田《せいでん》に於いて早稲《そうとう》の穫《とりいれ》す》（淵明四十六歳）に「人生歸有道、衣食固其端。孰是都不營、而以求自安」、すなわち「人生 有道《ゆうどう》に帰するも、衣食 固《もと》より其の端《たん》なり。孰《たれ》か是《こ》れ 都《すべ》て営まずして、而《しか》も以て自《み》ずから安らかなるを求めんや」と詠じている。「人生の大事は道を成し遂げることにあろうが、衣食を自ら給することこそ、まず人の大事なのである。そのおおもとのことにまるで何の営みもしないで、我が身と心だけはまことの安穏を得ようなど、誰にもそんなことはできぬのだ」、と。農人の生活を自ら生きて、淵明は全身で気づいてゆくのである。天地をあるがままに受け入れ、春には種を蒔く。山の田畑は霜や露がひどく、寒くなるのも早い。それでも朝早くから日の暮れるまで仕事に励む。予期せぬ災害にあわぬようにと願い、実りある穫《とりいれ》を心から喜ぶ。淵明は生きるために躬《み》ずから大地を耕した。躬ずから耕すに、どうして苦しいことがなかろう。だが躬ずから耕すは、嘆くところにあらず。日々の営みも知らず、ただ高尚なことばだけを生きているのではこの命を生きる真の喜びも知らぬであろう。この世に命を生きることの何が分かろうか。淵明は大地に生きて、人が生きることの真意を体得してゆくのである。

〈知識階級は労働せず〉という時代にあって淵明は躬ずから耕した。では、淵明の実像はいったいどうであったのか。その境遇について一様に記されるのは、陶淵明の伝記そのものが不確実だということである。その意味するところは、当時において立身出世には絶対条件とされた門閥出身ではなかったということである、とされる。ゆえに仕官した年齢も遅くその官職も低いものであった。また作品から推測されるのは、没落した中小地主階級であったろう、ということである。

しかし、外祖父孟嘉《もうか》は高貴と冷静という、いわゆる魏晋の風度を十分身につけた文化人であり、外孫の淵明の生活態度や処世哲学にも影響していたといわれる。また、孟嘉の弟孟陋《もうろう》は儒学の第一人者と称せられたという。淵明の妻翟《てき》氏も、隠士の家系であるとされる。外祖母は、陶侃《とうかん》の娘にあたる。陶侃は東晋黎明期の名将であるが、貧賤の出身とされる。詮ずるところ、淵明は貧賤出身のものがもつ質朴で勤勉な部分と、士族階級のものがもつ風度を併せもっていたということになるだろうか。これは興味深いことである。いつの時代もそうであろうが、異文化が合流するところ、すなわち淵明に新しい文化や価値観が生まれる可能性は大きかったと考える。

（二）「百世 当に誰か伝へんや」立ち位置の社会性

「百世當誰傳」の訓読は、「百世 当に誰をか伝うべき」がほぼ通説である（強調は引用者）。いま仮に目的語である「誰＝後世にその名を伝うべき人」を言語化してみると、「真に人間らしい道を踏もうとし、それを果たした人」となろうか。例えば淵明も詩に詠じた伯夷、叔斉である。そして、「かくなる人物は今やどこにもいない」という言外の意味は、二つの訓読「誰をか伝うべき」と「誰か伝へんや」の両説の共通認識でもあろう。その上でもなお、「誰か伝へんや」と訓読する本論は、「誰をか伝うべき」の説とはその立ち位置に相違がある点を無視するわけにはゆかなくなる。すなわち、「百世 当に誰か伝へんや」（強調は引用者）と訓読し、主語（主体）と読む本説の場合、それはおのずと本詩が社会性を帯びてくるという問題である。

伯夷、叔斉を例にあげて、もう一歩この問題を考えてみる。司馬遷が『史記《伯夷列伝》』

の末尾に「若い二人が餓死することになったのは、一体何の報いか。私は甚だ惑うのだ」、と「天道 是《ぜ》か非《ひ》か」を記したのは前漢である。だが春秋の昔、孔子はこの伯夷、叔斉を評して「二人は人間らしい道を踏もうとし、それを果たしたのだから心残りはないはず」、と賞賛したという。「天道 是か非か」を問うた司馬遷は、自身が正当なことを正当に主張して宮刑に処された。我が心の通ずること敵わぬ現実に、それでも何ものをも恃まず、自《みずか》らの手によって人間の正当な歴史を書き残そうと決意して書いたのが『史記』である。かく決意した司馬遷は、あらゆる屈辱に耐えて生き延びた。

淵明が《飲酒》其の二に「夷と叔とは西山に在り、善悪 苟《かりそめ》にも あい応ぜずば、何事ぞ 空言を立てし」、と孤憤したのは先述の通りである。伯夷、叔斉は人の道を貫いた清廉の士と称され、淵明が心から慕う積善の人である。だが、二人の死は真に二人の心に適ったのか。それを賞賛する淵明の姿が見えないのである。

『史記《仲尼弟子列伝《ちゅうじ》》』には、顔回のことも述べられている。孔子が、弟子にして唯一の好学の士と認めた高弟だが、顔回自身は常に食べるにも事欠き夭逝した。淵明も《飲酒》其の十一に「顔生は仁を為すと称せられ」と詠ず。同時に、「死し去りては何の知る所ぞ、心に称《かの》うを固《もと》より好しと為す」とも詠ずる。「自分らしく生きるのが一番よいのだ」、と。

この詩意について、「常人」には夭逝した顔回の生き方は理解が及ばぬであろうが、「君子」たる顔回の心には称っているのだ、とする解釈がある。一方で、死後の名声よりも生きている間に心のままにするのが一番よいのだ、という解釈もある。誰も顔回自身にはなれぬ。だが、顔回の死もまた真に顔回の心に適ったのか。ここにも、それを賞賛する淵明の姿が見えないのである。

その答えになるような淵明の姿が《飲酒》其の九に見える。ある朝、田夫が壺酒を携えてやって来る。粗末な家で貧窮する淵明を案じ、「このご時世、皆が泥にまみれているのなら、あなたも共にその泥に汨《しず》みなされ」と言うのだ。この句は、戦国時代の楚の詩人屈原の『漁夫辞《ぎょほのじ》』に基づくと注釈される。屈原が沢辺で、「世を挙げて皆が濁っているのに私だけが清《す》んでいた。世の皆が酔って理性を失っているのに私だけが醒めていた。そういうわけで追放されてしまった」と嘆く。すると漁夫が言う「立派な方というのは物事に執着せず、時世の宜しきに従うものです。深く思い、高く挙がりなさるな」、と。しかし屈原は己《おのれ》の信念を貫き、「むしろ湘流《しょうりゅう》に赴き江魚の腹中に葬らるとも、どうして世俗の塵や埃など受けられようか」と汨羅《べきら》に身を投じて死んでしまうのである。湘流とは、洞庭湖《どうていこ》に注ぐ湘江のことである。一方、淵明も自分の信念を貫き、田夫に同じことを答えるのである。「たしかにごもっともです。とはいえ、やはり自分の信念を曲げて偽るのは間違いではないでしょうか。私にはそれはできません」、と。だが淵明は死なない。その後、田夫ご持参のその酒を田夫と共に楽しむのである。

陶淵明も信念を貫く。だが屈原とは異なり、人里の路地裏に粗末な隠居屋を構え、今の世を生き抜く。司馬遷の如く生き抜いて、自分の信念を貫くのである。すなわち〈知識人は労働せず〉という封建社会にあって、淵明は自ら農夫となって生き抜く。農耕は苦しく、自然は時に苛酷である。それでも投げ出すことはできぬ。淵明は自然に身をゆだねた農耕生活を全身で生き、田園の自然にとどまることなく自然をも突き抜けた命を生きることの真意を体得してゆく。人はこの世に生まれ、わずか百年にも満たぬその命を喜びその命を生き切って一生を終える。これこそが命である。何ゆえ、自ら耕し自ら衣食を給して生きる人びとがその命を生きることすら敵わぬのか。東晋末、人びとがムダ死にしてゆく世の現実に、淵明は〈人びとよ その命を生きよ〉、と心底から叫び詠じた。淵明の心は嘆きと憤りで静まらず、遂に「今 我れ述べずんば、後生 何をか聞かんや」と世に〈文筆の決意〉を表明する。先述の通りである（本論第一章 第四節）。

淵明の苦悩の背景には、帝位簒奪に狂奔する劉裕の国事と、それゆえに追い詰められる人びとの生活の現実がある。《飲酒》二十首に滲む苦悩をかく捉えるならば、其の十六にもそれが見える。「披褐守長夜、晨鶏不肯鳴。孟公不在茲」、すなわち「褐《かつ》を披《き》て長夜を守るに、晨鶏《しんけい》肯《あ》えて鳴かず。孟公《もうこう》茲《ここ》に在らず」。「粗末な着物を着て、私はこの暗く長い夜が明けるのをじっと待っている。だが、夜明けを告げる鶏はどうしても鳴こうとしない。漢の劉孟公は、志を持った貧乏文士を見出したという。だが、今の世には、孟公のようなそんな人物はいない「もはや誰も何も為さぬというのか。――いや、晨鶏はきっと鳴く」」。淵明は絶望しない。幾篇もの淵明詩に底流するものは、憤りや苦悩の胸底でなお志す淵明の「善」である。そこに、陶淵明の「社会性」を見るのである。

命を生き切ることが生活であるならば、人びとの生活と表裏一体をなすのは国事となる。劉裕の国事に淵明が「抗議」の筆を執り、その文筆行為が自《おの》ずと「社会性」を帯びてくるのはいかにも自然の帰結ではないだろうか。千五百年も前、それを「善」と名付け、自分の命の果たすべき役割を生き切ったのが陶淵明ではなかったか。

(三) 魯迅が触発する陶淵明《述酒》評

本稿、仮説訓読「百世 当に誰か伝へんや」の考察を始めてのち、魯迅の「魏晋の気風および文章と薬および酒の関係」と題する講演録を再読し再々読する度に新たな触発を得た。魯迅はこの講演で、乱世を生きた文章家たちを論じる。漢末から魏の初めというのは黄巾の乱や董卓の叛乱の後で、誰もが皇帝になろうとした時代である。そのとき政権を握ったのが曹操で、その才幹は統治者としての手腕のみならず、文学的にも重要な役割を果たしたと述べる。さらに、当代の代表的人物として、漢末期の孔融《こうゆう》や、魏末期の何晏《かあん》、嵆康《けいこう》、阮籍《げんせき》について述べている。だが、彼らはほぼ全員、時の権力者に真っ向から反対する者として「不孝」という牽強付会の名目により殺害されてしまう。一人阮籍だけが殺害を回避できたのは、彼が自分を抑制できたからである、と。阮籍は「他人の人物批評を口にせず」という境地に至り、酒びたりを通した。酒びたりでも書けたという見事な詩文は、慷慨と怒りに満ちた表象ではあるものの、その意味は隠されていて表面には出されず、顔《がん》延之《えんし》でさえあまりよく分からなかったと言う。また、阮籍は酒は飲んだが薬（阿片なみの害毒をもつ五石散）は飲まなかった。薬を飲めば（俗人を眼中に置かぬ）仙人になれるが、酒を飲んでも仙人にはなれぬ。しかし権力者に対しては、それでも抑制が効いたのである。

魯迅は続ける。東晋になり、かの文章家たちの苦悩は知られぬまま、その精神までもが滅び、ただ意味のない空談と飲酒の習慣だけが残った。気風は変わり、社会の思想は穏健になり、仏教思想がまじってくる。さらに晋末になると、戦乱も帝位の奪い合いも見慣れ、文章家たちの表現はずっと穏やかになった、と。その穏やかな文章の代表者として陶淵明が挙げられるのだ。ただし穏やかな「田園詩人」陶淵明の《述酒》一篇については先述の通り、当時の政治について述べていると指摘する。ただ嵆康や阮籍に比べて淵明の態度は自然であっただけのことで、(1)陶潜（陶淵明）は俗世間をやはり超越することはできず、それればかりか、(2)政治にも関心をもっていたと述べる。さらに、(3)陶潜は「死」を忘れ去ることもできなかったと述べるのだ。魯迅の指摘は、じつに簡潔である。魯迅が指摘するこの三点が淵明の内心にあったと仮定すれば、本稿仮説「百世 当に誰か伝へんや」と詠ずる立ち位置（生き方）の淵明が、魯迅の論評する淵明の中にも居るのであり、本稿における解釈もあながち不自然とは言い切れぬだろう。

人の世にあって、ありのままの心をもって生きようとした陶淵明は社会を超越できず、時代を諦めず、また死ぬわけにはいかなかった。かの魯迅は、陶潜（陶淵明）は「死」を忘れ去ることができなかったと述べる。だが魯迅のこの指摘には直ちに賛成はできない。陶淵明は死を忘れ去ることができなかったのではなく、生きねばならなかったのである。もとより富貴や名声のためではない。乱世にあってなお人として善を生き、この命を生き切る真の満足を後世に伝えねばならなかったのである。まさに淵明しかり、司馬遷しかり。むろん、袂を蒙りし男も生きねばならなかった。自分の信念に背くことなくその志を貫くためには、淵明は「抑制できる酒びたりの阮籍（淵明）」に見せかけても生き抜かねばならなかった。司馬遷は「正当なことを正当に主張して宮刑に処された屈辱」に耐えても生き延びねばならなかった。袂を蒙りし男も、その命を喜び生き切るためには「嗟来、何ぞ吝《お》しむに足らん」のであり、今、餓死してはならぬのである。すなわち「百世 当に誰か伝へんや」から「今 我れ述べずんば、後生 何をか聞かんや」への生き方に裏付けられているとすれば、「生きること」への淵明の真摯な執着は何の不思議もないのである。

（四）淵明《述酒》に登場する「陶朱公」

《述酒》は淵明五十七歳、東晋の恭帝が劉裕に毒殺された年の作とされる。劉裕はその前年、自らが擁立した恭帝に譲位を迫り帝位に即いた。だが「禅譲」という名目の「簒位」だけでは足りず、晋朝の血統を根絶すべく恭帝をも「毒殺」したのである。若き恭帝は禅譲してなお死を免れなかった。淵明は《述酒》に詠ずる。

「峨峨西嶺内、偃息常所親。天容自永固、彭殤非等倫」、すなわち「峨峨《がが》たる西嶺《せいれい》の内、偃息《えんそく》して常に親しむところなり。天容《てんよう》自《おのずか》ら永《とこ》しえに固く、彭殤《ほうしょう》倫《りん》を等しうするものに非《あら》ず」。「険しくそびえる西嶺の山中を思い、私は病床に身を横たえながら常に伯夷、叔斉の遺徳に包まれている。天人にも比すべき人の徳行というものは、その人の辿った運命とは関わりなく永遠に消えることはない。それは長寿を全うした彭祖も夭逝した子らも、それぞれの命に大切な意味があり、同列には論じられぬのと同じことである」、と。《述酒》の末尾四句において淵明は、かの西山（西嶺）に隠遁し、遂に餓死せねばならなかった若き伯夷、叔斉に重ね、乱世に翻弄され天寿を全うできなかった若き恭帝（すなわち、晋王室）の永遠を詠ずる。

この末尾四句の直前にあるのが、「朱公《しゅこう》」を詠んだ次の二句である。「朱公練九歯、閑居離世紛」、すなわち「朱公は九歯《きゅうし》を練り、閑居して世の紛《みだ》れを離る」。朱公とは、春秋の世に武功なった范蠡《はんれい》とされる。「陶朱公」と自称した。范蠡は、後にきっぱりと下野して巨万の富を築いたという。淵明は姓が同じことから自らを朱公になぞらえ、「かの陶朱公も、もっぱら長寿を保とうと仙薬を練って養生し、閑居して乱世から遠ざかったというわけだ」と詠じているのである。

ところで、この《述酒》こそ、かの魯迅が「（田園詩人という名をもらった）陶潜（陶淵明）

も当時の政治について述べている」、と指摘した一篇である。《述酒》はことのほか難解であるとされ、陶淵明集の編纂においても、しばしば「収録せず」あるいは「解釈せず」として割愛される部類の詩である。筆者にとってもその理解は極めて難解であるが、陶淵明の覚悟〈人として如何に世に善を生きるか〉に迫ろうとするならば、《雑詩》其の十と同様、避けることはできない。李長之や逯欽立の注釈に依り、また《述酒》詩の構成を「はじめ、中、終わり」と捉えるなかで、本稿の考察範囲に於てこれを読んでみたい。詩の「はじめ」には、桓玄と次の劉裕が晋王室を滅亡させたことを暗喩や寓意を使ってその「歎」を詠ず。「流涙抱中歎、傾耳聽司晨」、すなわち「涙を流して抱中《ほうちゅう》に歎き、耳を傾けて司晨《ししん》を聴く」。「（安帝と恭帝が弑され、劉裕が皇帝となった世を思っては）悲歎の涙にくれ、私は朝まで一睡もできなかった。じっと耳を澄ましているが、夜明けを告げる鶏鳴は聴こえてこない」、と。詩の「中」においては、劉裕の践祚《せんそ》（帝位継承）の画策を風刺する。恭帝の身の上を暗示しつつ、劉裕が自分の思わく通りに帝位交代が進むように次つぎと〈太平の世の瑞兆〉を作り出しては簒位の画策に執心したことを抗議する。詩の「終わり」に詠む末尾四句は、前述した通りである。この四句の直前に「朱公」、すなわち仙薬を練って養生し、隠者の住む江湖《こうこ》で気楽に余生を過ごしたという「陶朱公」が突如として登場するのである。——

何ゆえか。

《述酒》は、晋王室の滅亡と「毒殺」された若き恭帝の死を歎き、劉裕の十七年にも及ぶ用意周到で残忍非道な践祚の画策を憤る詩であると理解する。詩の「はじめ」に詠ずる「流涙抱中歎、傾耳聴司晨」、すなわち「涙を流して抱中に歎き、耳を傾けて司晨《ししん》を聴く」（強調は引用者）の「歎き」の二句は、筆者に即座に《飲酒》其の十六に詠む「披褐守長夜、晨鶏不肯鳴」、すなわち「褐《かつ》を披《き》て長夜を守るに、晨鶏《しんけい》肯えて鳴かず」（強調は引用者）の「嘆き」の二句を思い起こさせるのである。淵明は《飲酒》其の十六に「孟公 茲《ここ》に在らず」と時勢を嘆じた。だが孟公はおろか、世は「鳥《とり》尽くれば良弓《りょうきゅう》は廃《す》てらる」（《飲酒》其の十七）に表象されるほど、知識人たちにとっては危険な時勢にあったのだ。しかし、その現実を深く嘆いたとしても、淵明が《飲酒》其の十六を詠じた真意は絶望ではなく、それでも自分の志す道を進んで行こうとする決意ではなかったか。〈晨鶏はきっと鳴く〉、と。さすれば《述酒》の「司晨が夜明けを告げるのを耳を傾けてじっと待つ」とは、この劉裕の国事がかくも不仁非道を極めようと、〈司晨は必ず鳴く〉との暗示ではないだろうか。すなわち、「耳を傾けて司晨を聴く」に寓意した淵明の「抗議」であると解釈できるのではないか。それはもはや淵明の胸底の「慷慨」にとどまらず、文筆行為としての覚悟の「抗議」

ではなかったか。《述酒》は、〈自分の志をやり遂げるのは自分自身なのだ〉とさとり、「今我れ述べずんば」と決意表明した淵明が、まさしく書くべくして書いた一篇ではなかったか。とは言え、劉裕が帝位に即いた世となっては、たとえそれが淵明自身の決意や覚悟であるとしても、自身の文筆行為に細心の注意を払わねばならないのは言うまでもない。すなわち、世に《述酒》を書いた淵明はまさに権力者たちの「政争の圏外」にあり、時局にまるで関係しない「酒びたりの隠者」であることを世間に示す必要があったのである。

「帝位の奪い合いも見慣れた東晋末」と魯迅は語ろうとも、淵明にとっては、東晋王室の英雄とは見るべくもない劉裕が帝位に即いたのである。挙げ句に劉裕は東晋王室の血統をも根絶させるという非道すら辞さなかった。かくなる劉裕の世にあって、淵明の出仕の経歴には、劉牢之に仕え桓玄に仕えたという事実が残るのである。どちらにしても劉裕側からみれば、淵明は政敵の残党であるという事実は事実である。かつて共に仕えようと、目下のところ劉裕がどう見ていようと一つ間違えば命の保証はない。淵明が警戒するのは当然である。自らの厳しい境遇をも承知の上で、淵明は「今 我れ述べずんば」の決意で《述酒》を書いた。まさしく詩文を書く「ことば」しか持たぬ淵明が、皇帝となった武人劉裕に対峙し筆を執る覚悟をしたのである。淵明には、やり遂げねばならぬ覚悟と同時に、生き抜かねばならぬ覚悟が必要だったはずである。そう考えるならば、世間には、確実に政争の圏外とみなされる江湖《こうこ》（都から遠く離れた隠者の住む地）に閑居した「陶朱公」でなければならなかったのである。「陶朱公」とは、村里の路地裏に暮らす「酔っぱらいの淵明」であり「乱世を遠ざかり気楽に詩を書く隠者 陶淵明」であるとして、あえて淵明が《述酒》に登場させたと解釈できるだろう。同時に、淵明がかく世に《述酒》を詠じ、かつ「陶朱公」を登場させたことは、淵明が劉裕の新王朝を如何に生き、また〈如何にしても我れ述べん〉と決意した、その詩作態度を如実に伝えるものではあるまいか。

　思えば、淵明《飲酒》其の二十の最終句は「但恨多謬誤、君當恕酔人」、すなわち「但《た》だ恨むらくは謬誤《びゅうご》多からん、君よ 当《まさ》に酔人を恕《ゆる》すべし」である。「ただ心残りは、私の書き付けてきた詩や言辞には思い違いや誤りも多かろうということ。そこはそれ酔っぱらいの申したこととて、何とぞご寛恕くだされたし」、と述べて以て書き終える。ここに改めて、乱世になお時代を諦めず、世に善を生き抜こうとした陶淵明のじつに深い詩作態度を見るのである。

　陶淵明は、最晩年の詩文《自祭文《じさいぶん》（自ら祭る文）》を書いたその最後まで「酔っぱらいの淵明」を通すのである。詠じて曰く「（私は自分の天命を喜んで受け入れ、自分の分《ぶん》のあるがままを生きて以て人生百年を終える）惟《こ》れ此《こ》の百年、夫《か》の人《ひと》之《これ》を愛《お》しむ。彼《か》の成《な》る無《な》きを懼《おそ》れ、日《ひ》を惕《むさぼ》り時《とき》を惜《お》しむ。存《そん》しては世《よ》の珍《ちん》と為《な》り、没《ぼつ》しては亦《ま》た思われんとす」。「（ああ、私の生き方は皆とはまったく違った）寵《ちょう》は己《おのれ》が栄《えい》に非《あら》ず、涅《くろ》むとも豈《あ》に吾《われ》をして緇《くろ》くせんや。窮廬《きゅうろ》に捽兀《そっこつ》として、酣飲《かんいん》して詩を賦せり」。すなわち、「人は皆、この百年の命の金字塔を打ち建てんと狂奔し、それゆえ自分の心を偽る。だがそれは私の望むところではないし、私の人生の満足でもない。世間の人は私をそのやり方に染めようとした。だが、どうして私を変えたりできようか。私は路地裏の粗末な隠居家に住み、ありのままの自分で生きようと世に孤行を貫いた。好きな酒を飲んで、ただ詩を書いただけである（今、死を前にして心残りは何もない）」、と詠じ切るのである。だが、淵明が《自祭文》の末尾にたったひと言「人生 実《まこと》に難《かた》し」、と吐露した苦悩と孤独の深さを思う。

淵明は、人びとに〈その命を生きよ〉と願い、人の命がこんなものであってはならぬと憤った。淵明の心は遂に世に抗議の筆を執る。だがその志 未だ成らず。「人生 実に難し」、「死や これを如何せん」と詠ずるのだ。かくして死は淵明の〈命をかけた筆〉をもとどめてしまうのである。淵明六十三歳の九月、死の二か月前の作である。一説に、陶淵明の《自祭文》はいわゆる「辞世」の詩文として詠んだものではないと言われている（『陶淵明』、

一海知義 注）。あるいは、自祭文に擬えた《擬自祭文》であったかもしれない。だが、最期まで人の世に希望を失わず、自分の命の役割を果たそうとした陶淵明の誠実さは、その《自祭文》に込められた生き方以外、想定することは難しいのではないだろうか。淵明の〈その命を真に生きよ〉が表象する人の世への希望は、時代を超え国を超えて深く伝わり、生き続けるのである。

おわりに

本稿は、《飲酒》其の二「百世當誰傳」の訓読再考から始めた。その訓読再考に示唆を与えたのは《会ること有りて作る 幷びに序》である。だがその詩作年代を推定することが最重要課題として浮上し、その難題を解決すべく使用期間が明確に限定される淵明の詩語「慷慨」と「慨然」の二語に着目する方法を試みた。この考察過程で新たに注目せざるを得なくなったのは、淵明四十一歳から五十四歳までの東晋末の劉裕の国事やその世相が、淵明の詩文や生き方に大きく関わっている事象である。ここに於て、淵明の使用する詩語「慷慨」に込められた真意や使用認識、使用法の解明が可能となり、淵明二回目の閑居期に底流する〈もう一つの生き方〉を明確に提示するとともに、《飲酒》其の二「百世當誰傳」を「百世 当に誰か伝へんや」と訓読する妥当性をも提示することが可能となった。

本稿は、「百世 当に誰か伝へんや」と訓読した上で「むしろ固窮の節を守り通してでも今の世に善を生きよう。後世に一体誰が伝えるというのか」と解釈し、その解釈に基づき、淵明が「今 我れ述べずんば、後生 何をか聞かんや」の文筆の決意に至ったと推論した。それが淵明の年譜や東晋末の世情に齟齬をきたさないとなれば、本稿仮説に合理性がないとは言えぬだろう。ならば、ここに描いた陶淵明像も十分推論し得ると言えるのではないだろうか。

第二部　陶淵明詩　大澤静代　訳

はじめに

陶淵明の一生は、これを三期に分けて考えるのが一般的である。その第一期は、淵明が初めて江州の祭酒（今でいう教育長）に仕官した二十九歳頃まで（三六五―三九三）とする。この初出仕について、《宋書 隠逸傳》には「不堪吏職、少日自解歸」、すなわち「吏《り》としての職に堪《た》えず、少《わず》かの日《ひ》ののち自《みずか》ら解《と》きて帰る」とある。後年、淵明自身《飲酒》其の十九に「志意に恥ずる所多し」と詠じた通り、「一回目の閑居」である。次に二十九歳から四十一歳まで（三九三―四〇五）を第二期とする。その十三年間に淵明は少なくとも五度の出仕と閑居とを繰り返す。三十九歳の冬、桓玄がクーデターを起こし帝位に即く。だがこれを三か月で征圧した軍閥劉裕が「東晋王室の英雄」となり、その名目によって政治の実権を掌握していくのである。ここにおいて淵明はきっぱりと官を辞し、閑居の決断をする。この淵明四十一歳「二回目の閑居」の思いを述べたのが、世に名高い《帰去来兮辞幷びに序》である。以後、淵明は二度と出仕することはなかった。かくして四十一歳から六十三歳でこの世を去るまで（四〇五―四二七）をその第三期とする。淵明作品の大部分は、この第三期、すなわち「固窮の節」を守り、生きるために躬《みずか》ら農耕し、その志を最期まで貫いた隠遁生活の中で創作されたものである。

本稿第二部では、その第三期の前半（四十一歳～五十四歳）に作られた淵明作品のうち、以下の日本語訳を試みる。すなわち、《帰去来兮辞》幷びに序、《飲酒》二十首 幷びに序、《会ること有りて作る》幷びに序、および《雑詩》十二首のうち其の十である。つまり、本稿第一部において考察した〈もうひとつの陶淵明〉の生き方を通して淵明作品を読む試みである。これらは、その作品に於て陶淵明の〈もう一つの生き方〉を示唆してくれる重要な詩文であると同時に、陶淵明の代表作でもある。

《帰去来兮辞《ききょらいのじ》》幷《なら》びに序《じょ》は、これを序と本文四節の五つの部分に分けて訳す。

《歸去來兮辭》幷序

余家貧、耕植不足以自給　　余《わ》が家貧《いえひん》にして、耕植《こうしょく》以て自《みずか》ら給《きゅう》するに足《た》らず。

幼稚盈室、缾無儲粟、　　幼稚《ようち》室《しつ》に盈《み》つるも、缾《かめ》に儲粟《ちょぞく》なく、

生生所資、未見其術
親故多勸余爲長吏、
脱然有懷、求之靡途
會有四方之事、諸侯以惠愛爲德、
家叔以余貧苦、遂見用于小邑
于時風波未靜、心憚遠役、
彭澤去家百里、公田之利、
足以爲酒、故便求之
及少日、眷然有歸歟之情
何則
質性自然、非矯厲所得
飢凍雖切、違己交病
嘗從人事、皆口腹自役
於是悵然慷慨、深愧平生之志
猶望一稔、當斂裳宵逝

生生《せいせい》の資《し》するところ、未《いま》だその術《すべ》を見ず。
親故《しんこ》多く余《われ》に長吏《ちょうり》と為らんことを勧《すす》め、
脱然《だつぜん》として懐《おも》い有るも、之《これ》を求むるに途靡《みちな》し。
会《たま》たま四方《しほう》の事《こと》有りて、諸侯《しょこう》は恵愛《けいあい》を以て徳《とく》と為し、
家叔《かしゅく》余《わ》が貧苦なるを以て、遂《つい》に小邑《しょうゆう》に用《もち》いらる。
時に風波未《ふうはいま》だ静かならず、心は遠き役《えき》を憚《はば》かるも、
彭沢《ほうたく》は家を去ること百里《ひゃくり》、公田《こうでん》の利《り》は
以て酒を為《つく》るに足《た》る、故《ゆえ》に便《すなわ》ち之《これ》を求む。
少日に及んで、眷然《けんぜん》として帰らんかなの情《おもい》有り。
何《なん》となれば則ち、
質性 自然にして、矯厲の得《う》るところに非《あら》ざればなり。
飢えと凍えは切《せつ》なりと雖も、己《おのれ》に違《たが》えば交《こも》ごも病《や》む。
嘗《かつ》て人事に従いしも、皆 口腹のために自《みずか》ら役《えき》せし。
是《ここ》に於《お》いて悵然《ちょうぜん》として慷慨《こうがい》し、深く平生《へいせい》の志に愧《は》ず。
なお望む、一稔《いちじん》にして、当《まさ》に裳《しょう》を斂めて宵逝《しょうせい》すべし。

尋程氏妹喪于武昌、
情在駿奔、自免去職
仲秋至冬、在官八十餘日
因事順心、命篇曰《歸去來兮》
乙巳歲十一月也

尋《つ》いで程氏《ていし》の妹　武昌《ぶしょう》において喪《みまか》り、
情《こころ》は駿奔《しゅんぽん》に在り、自《みずか》ら免《めん》じて職を去る。
仲秋《ちゅうしゅう》より冬に至るまで、官《かん》に在ること八十余日。
事《こと》に因《よ》りて心《こころ》に順《したご》う、篇《へん》に命《な》づけて《帰去来兮《ききょらいけい》》と曰《い》う。
乙巳《いっし》の歳十一月なり。

我が家は貧しく、農耕だけでは生活に必要なものすら賄《まかな》うことができなかった。家には幼子らがあふれているのに、瓶《かめ》には蓄えの穀物もなく、生計を立てようにもその手立てが見つからないままだった。親戚や友人たちは口をそろえて私に役人になることを勧めた。それで私もふっとそういう気になったのだが、如何せん、そのつてがなかった。たまたま天下有事の際で、諸侯らがみな恩恵を施し、その徳の評判を得ようとしていた。私の貧苦を見かねた叔父の計らいで、ようやく小さな町に任用されることになった。その頃はまだ有事の余波が収まっておらず、遠方の地へ赴任することにはためらいがあった。だが彭沢は家から百里しか離れておらず、何しろ公田で収穫した穀物で酒が十分造れるというので、すぐに彭沢の令となることを決めたのである。

ところが幾日も経たぬうちに「帰らんかな」の思いをどうすることもできなくなった。なぜかというに、ありのまま自由に生きる性質というのは生まれつきのもので、どうにも直せるようなものではないからである。官を辞すれば飢えて凍えるのは分かってはいるが、自分を偽れば次つぎと内心の苦しみがまつわりついて離れない。これまで役人生活を続けてきたが、どれも私が望んで出仕したのではない。ただ、食べるために自分を曲げてきた。「――いや、そういうことではない。出仕の束縛から自由になろうとしているのではない。家族を養うに耐えられぬ苦労などあるはずもない。だがこの苦しみはそうではない。見よ、今や劉裕が天下にその権勢をほしいままにしている。しかしどれも帝位簒奪のはかりごとばかりではないか。これが天下の国事だというならば、たとえ飢えて凍えようとももはや出仕などできぬ」かく思うほどに嘆きと憤りが胸の奥底からとめどなく込み上げてきて、私は固く守り続けてきた志に深く恥じ入った。

この時でさえ、一年は勤めてぜひとも公田で穀物の収穫をし、それから荷物をまとめて夜陰にまぎれて家に逃げ帰ろう、という気でいた。だが、そうこうするうちに程家に嫁いでいた妹が武昌で亡くなった。私はもう矢も楯もたまらず、自ら職を辞し彭沢を去った。仲秋から冬に至るまで、官に在ること八十余日。こういう事に因《よ》り、心のままに順《したが》った。

この篇に名付けて《帰去来兮《かえりなんいざ》》という。乙巳《きのとみ》の歳十一月のことである。

歸去來兮、　帰去来兮《かえりなんいざ》、
田園將蕪胡不歸　田園将《まさ》に蕪《あ》れなんとす 胡《なん》ぞ帰らざる。
既自以心爲形役、　既に自《みずか》ら心《こころ》を以て形《からだ》の役《えき》と為す、
奚惆悵而獨悲　奚《なん》ぞ惆悵《ちゅうちょう》として独り悲しむ。
悟已往之不諫、　已往《いおう》の諫《いさ》むまじきを悟り、
知來者之可追　来者《らいしゃ》の追う可《べ》きを知る。
實迷途其未遠、　実《まこと》に途《みち》に迷うこと其《そ》れ未《いま》だ遠からず、
覺今是而昨非　今《いま》の是《ぜ》にして昨《さく》の非《ひ》なるを覚《さと》りぬ。
舟遥遥以輕颺、　舟は遥遥《ようよう》として以て軽く颺《あが》り、
風飄飄而吹衣　風は飄飄《ひょうひょう》として衣《ころも》を吹く。
問征夫以前路　征夫《せいふ》に問うに前路《ぜんろ》を以てし、
恨晨光之熹微　晨光《しんこう》の熹微《きび》なるを恨む。

帰りなん、いざ。

故郷の田園はまさに荒れはてようとしているのに、どうして帰らないのか。さあ、帰ろう。これまで、ただ食べるために役人を続けてきたのは自分自身なのだ。どうしていつまでも恨みがましくひとり悲しんでいるのか。もはや過ぎ去ってしまったことではないか。今となってはもう咎めまい。これから先のことを考えるべきなのだ。まことに私は自分の進む路を見失ってしまっていた。だがまだそれほど遠くまでは来ていないだろう。今の自分のこの判断が正しいのであって、過ぎ去った昨《むかし》の自分が間違っていたのだ。それがはっきりと分かった。

故郷へ向かう舟はゆらゆらと軽やかに波に乗り、風は衣をひらひらと吹き上げる。舟の旅人に、あとどれくらいかと問うて遠くを眺めやるのだが、明け方のまだ薄暗い光の中では、村里の見当もつかぬのが恨めしい。


乃瞻衡宇、載欣載奔　　乃《すなわ》ち衡宇《こうう》を瞻《み》て、載《すなわ》ち欣《よろこ》び載《すなわ》ち奔《はし》る。

僮僕歓迎、稚子候門　　僮僕《どうぼく》は歓び迎え、稚子《ちし》は門に候《ま》つ。

三逕就荒、松菊猶存　　三径《さんけい》は荒《こう》に就《つ》き、松菊《しょうきく》は猶《な》お存《そん》せり。

携幼入室、有酒盈罇
引壺觴以自酌、
眄庭柯以怡顔
倚南窗以寄傲、
審容膝之易安
園日渉以成趣、
門雖設而常關
策扶老以流憩、
時矯首而遐觀
雲無心以出岫、
鳥倦飛而知還
景翳翳以將入、
撫孤松而盤桓

幼を携えて室に入《い》れば、酒 有りて罇《たる》に盈《み》てり。
壺觴《こしょう》を引きて以て自《みずか》ら酌《く》み、
庭柯《ていか》を眄《み》て以て顔を怡《よろこ》ばしむ。
南窓《なんそう》に倚《よ》りて以て傲《ごう》を寄《よ》せ、
膝《ひざ》を容《い》るるの安《やす》んじ易《やす》きを審《つまび》らかにす。
園《えん》は日びに渉《わた》って以て趣《しゅ》を成し、
門は設《もう》くと雖《いえど》も常に関《と》ざせり。
扶老《ふろう》を策《つえつ》きて以て流憩《りゅうけい》し、
時に首《こうべ》を矯《あ》げて遐観《かかん》す。
雲は無心にして以て岫《しゅう》を出《い》で、
鳥は飛ぶに倦《う》みて還《かえ》るを知る。
景《ひ》は翳翳《えいえい》として以て将《まさ》に入《い》らんとし、
孤松《こしょう》を撫《ぶ》して盤桓《ばんかん》す。

ようやくにして見えてきた粗末ながらもなつかしい我が隠居家を見あげ、喜びのあまり思わず駆けだす。下僕がうれしそうに迎えてくれ、門には子どもたちが私を待っている。庭の小径《こみち》は荒れかかってはいるが、東の庭の松と菊とは変わらぬままそこにある。

幼子の手を引いて家に入れば、部屋には酒の仕度があり、樽には酒が満ちている。酒壺と杯《さかずき》を引き寄せ一人酒を酌み、庭木の姿を眺めやってはほっと心を和ませる。南の窓辺にもたれながら〈自分の心に背くことなどもうするまい。何にも縛られず、自由な心のままに悠悠と生きていこう〉と思う。この狭い我が家こそ、身も心も安心できるというのは、まことにその通りである。

庭や畑は、日々私の散歩する場所となり、門はあるといっても常に閉ざしたままである。鳩杖《はとづえ》をついてぶらぶらと歩き回り、時に憩う。また時に頭《こうべ》をあげて遥か遠くを見わたす。雲は自《おの》ずから生まれ出て、深い山間《やまあい》から湧きあがる。鳥はただ飛ぶことに疲れ、山の塒《ねぐら》へ帰って行く。あたりはだんだん薄暗くなり、もう日が沈もうとしている。私は一本松を撫《な》でながら、なおもその場をうろうろと歩き回る。

帰去来兮、　　　　　帰去来兮《かえりなんいざ》、

請息交以絶游
世與我而相違、
復駕言兮焉求
悦親戚之情話、
樂琴書以消憂
農人告余以春及、
將有事於西疇
或命巾車、或棹孤舟
既窈窕以尋壑、
亦崎嶇而經丘
木欣欣以向榮、
泉涓涓而始流
善萬物之得時、
感吾生之行休

請《こ》う 交《まじ》わりを息《や》めて以て游《ゆう》を絶たん。
世と我れとは相違《あいたが》えるに、
復《ま》た言《ここ》に駕《が》して焉《なに》をか求めんや。
親戚の情話を悦《よろこ》び、
琴《きん》と書《しょ》とを楽しんで以て憂いを消さん。
農人《のうじん》 余《われ》に告ぐるに春の及ぶを以てし、
将《まさ》に西疇《せいちゅう》に於いて事《こと》有らんとす、と。
或《ある》いは巾車《きんしゃ》を命じ、或いは孤舟《こしゅう》に棹《さお》さす。
既に窈窕《ようちょう》として以て壑《たに》を尋《たず》ね、
亦《ま》た崎嶇《きく》として丘を経《ふ》。
木は欣欣《きんきん》として以て栄《えい》に向かい、
泉は涓涓《けんけん》として始めて流る。
万物《ばんぶつ》の時を得たるを善《よみ》し、
吾が生《せい》の行《ゆ》くゆく休《きゅう》せんとするを感ず。

帰りなん、いざ。

世間との付き合いはもうきっぱり止めよう。世の中と私とはどうにも相容《あいい》れぬ。再び出仕して一体何を求めようというのか。

身内の人情話に心を和ませ、琴と読書を楽しんでは憂いを払う。農夫らは、春になったことを私に告げ、西の田畑で農作業を始めるという。時に幌の付いた車を用意させ、また時に一艘の小舟を漕ぎ出す。奥深い渓谷に入り、また入《い》り組《く》んだ険しい丘を越えて行く。木々は生き生きとして花咲く時に向かい、泉は清らかに湧き出し、はじめて地表を細く流れる。万物は今その時を得て輝く。ああ、何とすばらしいことであろう。だが、私の命は時の移りゆくままに、やがてこの世を去って行くのだということをしみじみと感じる。

已矣乎、　　　　　　　已矣乎《やんぬるかな》、
寓形宇内復幾時、　　　形《かたち》を宇内《うだい》に寓《ぐう》す 復《ま》た幾時《いくとき》ぞ、
曷不委心任去留　　　　曷《なん》ぞ心に委《ゆだ》ねて去留《きょりゅう》を任《まか》せざる。
胡爲乎遑遑兮欲何之　　胡為《なんす》れぞ遑遑《こうこう》として何《いず》くに之《ゆ》かんと欲する。
富貴非吾願、　　　　　富貴《ふうき》は吾が願いに非《あら》ず、

帝郷不可期
懐良辰以孤往、
或植杖而耘耔
登東皐以舒嘯、
臨清流而賦詩
聊乗化以帰盡、
樂夫天命復奚疑

帝郷《ていきょう》は期《き》す可《べ》からず。
良辰《りょうしん》を懐《おも》うて以て孤《ひと》り往《ゆ》き、
或いは杖を植《た》てて耘耔《うんし》す。
東皐《とうこう》に登りて以て舒《おもむろ》に嘯《うそぶ》き、
清流《せいりゅう》に臨みて詩を賦《ふ》す。
聊《いささ》か化《か》に乗《じょう》じて以て尽くるに帰《き》し、
夫《か》の天命を楽しみて復《ま》た奚《なに》をか疑わん。

已《やん》ぬるかな、どうしようもない。

人がこの世に命を生きられる時間というのが、いったいどれほどだというのか。どうして自分の心に委ねて、心の願うままに自分の進む道を任せないのか。何のためにあくせくし、一体どこへ行こうというのか。富貴は私の願いではないし、神仙世界など期待できるものではない。

晴れた気持ちのよい日には、ひとり歩き回る。時に、畑に杖を突きたてて雑草を取ったり、苗の根元に土をかけたりする。また時に、東の丘に登ってのんびり詩を吟詠し、清流を眺めて詩を作る。

今しばらく、自然の移りゆくにまかせて我が命を全うし、これがかの天命というならば喜んで受け入れよう。もはや何をためらい迷うことがあろう［自分の信念を守り、自分の心が決めた道を進めばよいのだ］。

《飲酒》二十首 并序

余閒居寡歡、兼比夜已長
偶有名酒、無夕不飲
顧影獨盡、忽焉復醉
既醉之後、輒題數句自娯
紙墨遂多、辭無詮次、
聊命故人書之、以爲歡笑爾

余《わ》れ閒居《かんきょ》して歓《たの》しみ寡《すくな》く、兼《くわ》うるに比《このご》ろ夜已《すで》に長し。
偶《たま》たま名酒あれば、夕《ゆうべ》として飲まざる無し。
影《かげ》を顧《かえり》みて独《ひと》り尽くし、忽焉《こつえん》として復《ま》た酔う。
既に酔いし後には、輒《つね》に数句を題《しる》して自《みずか》ら娯《たの》しむ。
紙墨《しぼくか》遂くて多く、辞《ことば》に詮次《せんじ》なきも、
聊《いささ》か故人《こじん》に命じてこれを書《しょ》せしめ、以《もっ》て歓笑《かんしょう》と為《な》さん爾《のみ》。

私は世間との付き合いもせず暮らしているので、歓しみも少なく、しかもこの頃は夜も長くなってきた。たまたま旨い酒などあればそれはそれ、飲まぬ夜とてないというもの。とは申すものの相手は自分の影だけで、影を眺めやりながら独り飲み尽くせば、たちまちにして酔う。酔うて後はいつも決まって二、三の詩句を紙に書き付けて一人娯しむのだ。

まあこんなふうだから、紙に書き付けた詩句の数はやたらと多くなった。酔い任せゆえことばに順序も道理もないのだが、ともあれ、友人にたのんでこれを書き写してもらい、私のなぐさめとしようというだけのことだ。

其の一

衰榮無定在
彼此更共之
邵生瓜田中
寧似東陵時
寒暑有代謝
人道毎如茲

衰《すい》と栄《えい》とは定在《ていざい》なく
彼此《ひし》更《こも》ごも之《これ》を共《とも》にす
邵生《しょうせい》の瓜田《かでん》の中《うち》にあるは
寧《な》んぞ東陵《とうりょう》の時に似んや
寒《かん》と暑《しょ》とは代謝《たいしゃ》あり
人の道も毎《つね》に茲《か》くの如し

達人解其會
逝將不復疑
忽與一樽酒
日夕歡相持

達人《たつじん》は其《そ》の会《かい》を解《かい》し
逝《ゆ》く将《まさ》に復《ま》た疑《うたが》わざらんとす
忽《たちま》ち一樽《いっそん》の酒と
日夕《にっせき》歓《たの》しみて相《あい》持《じ》す

栄と衰というのは、誰か一人にずっと変わらず続くものではない。あの人にもこの人にも、誰にも栄と衰の入れ替わりは起きる。

秦の邵平《しょうへい》は、祖国が漢に滅ぼされた後は「二朝《にちょう》に仕えず」と官に就かず、長安城外で瓜《うり》を植えて暮らした。その暮らしぶりは、秦の時代には東陵侯《とうりょうこう》の官位にあった人の暮らしぶりとはとうてい見えまい。

寒と暑が季節ごとに入れ替わるように、人もまた常にそういうものなのだ。この道理を悟った達人ともなれば、もはやこの世の常ならぬことに何の疑いも抱こうとはしない。(いったい何を思い煩うことがあろう。栄も衰もただそのときどきをそのままに生きればよいのだ)そういう生き方をする。

私もまあ、思いがけず到来したこの一樽《いっそん》の酒を抱きかかえんばかりにして、酒が飲めるこの夕べを心ゆくまで楽しむとしよう。

其の二

積善云有報
夷叔在西山
善悪苟不應
何事立空言
九十行帯索
飢寒況當年
不賴固窮節
百世當誰傳

積善《せきぜん》には報《むく》い有りと云《い》うに
夷《い》と叔《しゅく》とは西山《せいざん》に在り
善悪《ぜんあく》 苟《かりそめ》にも あい応ぜずば
何事《なにごと》ぞ 空言《くうげん》を立てし
九十《くじゅう》にして行《ゆ》くゆく索《なわ》を帯《おび》にす
飢寒《きかん》 況《いわ》んや当年《とうねん》をや
固窮《こきゅう》の節《せつ》に頼《よ》らずんば
百世《ひゃくせい》 当《まさ》に誰《たれ》か伝へんや

善を積めば必ずその報いがある、といわれている。しかるに伯夷《はくい》、叔斉《しゅくせい》のように人の道を踏み、清廉を貫いた人ですら、西山（首陽山《しゅようざん》）で餓死せねばならなかった。これは一体どういうことなのか。善行を積んでも悪行の限りを尽くしても、必ずしもそれ相応の報いがないのだとするならば、どうしてそうしたむなしいことばがまことしやかに伝えられて来たのか。

栄啓期《えいけいき》という古隠士は、九十になってもなお縄を帯にするほど貧しく、飢えと凍えから逃れられなかった。それにも拘わらず（人として真っ当に生きていれば貧乏は当たり前、と憂えもせず）長寿を楽しんだという。ましてや働き盛りの壮年の私の飢えや凍えなど、それが何だというのか。

（積善には報いあり、ということばがむなしいものならば）むしろ飢えも凍えも覚悟して、固窮の節を貫いてでも私は今の世に善を生きよう。後世に一体誰が伝えるというのか。

其の三

道喪向千載　　道 喪《うしな》われて千載《せんざい》に向《なんなん》とし
人人惜其情　　人人《ひとびと》 其《そ》の情《じょう》を惜しむ
有酒不肯飲　　酒あれども肯《あ》えて飲まず
但顧世間名　　但《た》だ顧《かえり》みるは世間の名

所以貴我身　我が身に貴ぶ所以《ゆえん》は
豈不在一生　豈《あ》に一生に在らずや
一生復能幾　一生 復《ま》た能《よ》く幾《いく》ばくぞ
倏如流電驚　倏《すみや》かなること流電《りゅうでん》の驚《はた》めくが如し
鼎鼎百年内　鼎鼎《ていてい》たり 百年の内《うち》
持此欲何成　此《これ》を持《じ》して何をか成さんと欲《ほっ》する

はるか昔、人びとは大らかにありのままに生きていた。その社会に自然に行われていた道理というものが失われ、もはや千年になろうとしている。今は誰もが自分の本当の感情を押し隠し、ありのままに生きることを忘れてしまった。酒があっても飲もうともせず、ひたすら世間の評判ばかりを気にしている。

我が身に大切なのは、世間の評判そのものなどではなかろう。今まさに一度限りのこの命を生きているという、そのことにあるのではないか。しかもその命というのが一体どれほど永《なが》らえるというのか。あっという間に尽きはててしまうのは稲妻の轟く一瞬のように儚《はかな》いものなのだ。

人が生きている一生の時間は一刻も留《とど》まることなく流れ、しかも悠久の時の流れの中でほんの百年にも満たぬ（その束の間の命を生きている喜びも忘れ、富貴や名声が何ほどの喜びとなろう）。そうした世間の評判ばかりを後生大事にして、一体何をやり遂げようというのだ。

其の四

栖栖失羣鳥　　栖栖《せいせい》たる失群《しつぐん》の鳥
日暮猶獨飛　　日暮れて猶《な》お独り飛ぶ
徘徊無定止　　徘徊して定止《ていし》なく
夜夜聲轉悲　　夜夜《よよ》声は転《うた》た悲しむ
厲響思清遠　　厲響《れいきょう》清遠《せいえん》を思い
去來何依依　　去来《きょらい》何ぞ依依《いい》たる
因値孤生松　　孤生《こせい》の松に値《あ》えるに因《よ》り
斂翮遥來歸　　翮《つばさ》を斂《おさ》めて遥かに来《きた》り帰《かえ》る
勁風無榮木　　勁風《けいふう》に栄木《えいぼく》なきも

此蔭獨不衰
託身既得所
千載不相違

此《こ》の蔭《かげ》は独《ひと》り衰《おとろ》えず
身《み》を託《たく》するに既に所《ところ》を得たり
千載《せんざい》相《あ》い違《たが》わざれ

群れからはぐれたのだろう。一羽の鳥が日が暮れてもなおせわしなく飛んでいる。帰るべき塒《ねぐら》とてなくさまよいつつ、夜ごと鳴くその声はいよいよ悲しみを増し、胸に迫り来る。朝な朝な、激しく鋭い鳴き声をあげ、飛び立って行っては、また戻って来る。鋭いその鳴き声には、はるかな清らかな地を思い焦がれる響きが込められている。行《ゆ》きつ戻りつ、何と慕わしげなようすをしていることか。

ふと見つけた野の一本松。その松に心を寄せ、ようようそこを自分の帰る所と思い定め、翼をおさめてその身をあずける。

烈《はげ》しい風が吹き荒れて、花も緑もどこにもないが、この木陰だけは衰えず青々と茂っている。こうして身をあずける所を見つけたからには、千年の後までもこの松と心を違《たが》えるでないぞ。

其の五

結廬在人境
而無車馬喧
問君何能爾
心遠地自偏
采菊東籬下
悠然見南山
山氣日夕佳
飛鳥相與還
此中有眞意
欲辨已忘言

廬《ろ》を結びて人境《じんきょう》に在り
而《し》かも車馬《しゃば》の喧《かまびす》しき無し
君に問う 何《なん》ぞ能《よ》く爾《しか》るやと
心《こころ》遠ければ地《ち》も自《おの》ずから偏《へん》なり
菊を采る 東籬《とうり》の下《もと》
悠然として南山《なんざん》を見る
山気《さんき》 日夕《にっせき》に佳《よ》く
飛鳥《ひちょう》 相《あ》い与《とも》に還《かえ》る
此《こ》の中《うち》に真意《しんい》有り
弁《べん》ぜんと欲《ほっ》して已《すで》に言《げん》を忘る

私は庵《いおり》を結んで人里に住んでいる。しかも、車馬を仕立てた役人たちがうるさく訪ねて来ることもない。どうしてよくまあそんなふうにできるものだと思われるだろうが、心を世俗から遠くし、自分の信念を固く守ってさえいればよいのだ。人里に庵を構えていようと、奥深い山の中と何も変わることはない。

　東の垣根に出て菊を採る。ふと目に入ったのは南山（廬山《ろざん》）の姿。ほの暗い静寂の中に何と悠然たる姿であるか。そのたたずまいは夕暮れの気と調和し、気高いまでに美しい。南山は、ただ南山としてそこに在った。鳥たちがうちつれて山の塒《ねぐら》へ帰ってゆく。私は、ただ私としてここに在る。すべての存在がおのずからあるがままに在り、ただそのままで調和している。

　このとき、私は自分がその天地の調和のうちにある一つの命であることを全身で感じていた。このうちにこそ真意がある。それをことばで言いあらわそうとしたが、その時には、もうことばを忘れてしまっていた。

其の六

行止千萬端　　行止《こうし》は千万端《せんばんたん》
誰知非與是　　誰《たれ》か知らん 非《ひ》と是《ぜ》とを
是非苟相形　　是非《ぜひ》 苟《いや》しくも相《あ》い形《あらわ》るれば
雷同共譽毀　　雷同《らいどう》して共に誉《ほ》め毀《そし》る

三季多此事
達士似不爾
咄咄俗中愚
且當從黄綺

三季《さんき》より此《こ》の事《こと》多し
達士《たっし》は爾《しか》らざるに似たり
咄咄《とつとつ》たり俗中《ぞくちゅう》の愚《ぐ》
且《しばら》く当《まさ》に黄綺《こうき》に従《したご》うべし

人の考えは千差万別、人のすることも千差万別なのだから、もとより正しいとか間違っているとかは誰にも分かろうはずがない。ところが何やかやと比較して、ひとたび誰かがどれは正しいとか間違っているとか言い出せば、もう誰もかれもが付和雷同し、何の考えもなく誉めたりけなしたりする。

夏、殷、周と聖人の出た三代が終わってからというもの、どうもこういう愚かな事が多い。もっとも、物事に深く通じた達士といわれる人はそうではないようだ。

憤まんやるかたなし。何たる俗物たちよ。私はまあ、かの始皇帝の無道を憤って商山に隠れた綺里季《きりき》や夏黄公《かこうこう》といった隠士たちにならって暮らすとしよう。

其の七

秋菊有佳色
裛露掇其英
汎此忘憂物
遠我遺世情
一觴雖獨進
杯盡壺自傾
日入羣動息
歸鳥趨林鳴
嘯傲東軒下
聊復得此生

秋菊《しゅうぎく》 佳色《かしょく》あり
露《つゆ》に裛《ぬ》れたる其《そ》の英《はなぶさ》を掇《つ》み
此《こ》の忘憂《ぼうゆう》の物《もの》に汎《う》かべて
我が世《よ》を遺《わす》るるの情《じょう》を遠くす
一觴《いっしょう》独《ひと》り進《すす》むと雖《いえど》も
杯《はい》尽き 壺《つぼ》も自《おの》ずから傾《かたむ》く
日入《ひい》りて 群動《ぐんどう》息《や》み
帰鳥《きちょう》林《はやし》に趨《おもむ》きて鳴く
嘯傲《しょうごう》す 東軒《とうけん》の下《もと》
聊《いささ》か復《ま》た此《こ》の生《せい》を得《え》たり

秋の菊は、まことにもって色美しい。しっとりと露にぬれて咲くその花ぶさを摘《つ》んで、この「憂いを忘るる物」といわれる酒に浮かべて飲む。世俗から心を遠くして暮らす私の胸の内は、またさらに深まる。

杯《さかずき》一つで独り酒とはいうものの、一杯また一杯と飲み干せばいつしか壺の酒も残り少なになる。日が落ちて、皆が一日のしごとを終える。辺りのざわめきが消え、塒《ねぐら》に帰る鳥たちが林をめざして鳴いて渡る。

　このとき、ようやく身も心もあらゆるものから解き放たれる。私は東の軒《のき》下で、安堵の心地でふうっと大きくゆっくりと息を吐く。今日も、何とかこの命を生きることができた、と思う。

其の八

青松在東園
衆草没其姿
凝霜殄異類
卓然見高枝
連林人不覺
獨樹衆乃奇
提壺挂寒柯
遠望時復爲

青松《せいしょう》 東園《とうえん》に在り
衆草《しゅうそう》 其《そ》の姿を没す
凝霜《ぎょうそう》の 異類《いるい》を殄《つ》くすとき
卓然《たくぜん》として高枝《こうし》を見《あら》わす
林《はやし》に連《つら》なるときは人覚《ひとさと》らず
独樹《どくじゅ》にして衆《しゅう》 乃《すなわ》ち奇《き》とす
提《さ》げたる壺《つぼ》を寒《ふゆ》の柯《えだ》に掛《か》け
遠望《えんぼう》を時《とき》に復《ま》た為《な》す

吾生夢幻間
何事紲塵羈

吾《わ》が生《せい》は夢幻《むげん》の間《かん》
何事《なにごと》ぞ 塵羈《じんき》に紲《つな》がる

青々とした松の木が東の庭にある。草木が生い茂る季節には、一面の青さに紛れてその姿は見分けられない。冬、草木に霜が凍り付いて、辺りのものみな枯れ果てるとき、この松の木だけがその高くそびえた枝をすっくとあらわす。

生い茂る草木と林をなすとき、人は誰もその松に気づかない。だが、一面冬枯れの中に孤高の一本松となって姿をあらわしたとき、人はやっとその素晴しさに気づく。

私は手に提げて来た酒壺を、一本松の凍えた腕のような枝に掛け、遠くからじっとその姿をながめてみたりする。私の命など、夢まぼろしに似てはかなく短いものだ。どうして世俗にまみれ、役人生活に振り回されることがあろう。

其の九

清晨聞叩門
倒裳往自開

清晨《せいしん》 門を叩《たた》くを聞き
裳《しょう》を倒《さかし》まにして往《ゆ》きて自《みずか》ら開《ひら》く

問子爲誰與
田父有好懷
壺漿遠見候
疑我與時乖
襤縷茅簷下
未足爲高栖
一世皆尚同
願君汨其泥
深感父老言
稟氣寡所諧
紆轡誠可學
違己詎非迷
且共歡此飮
吾駕不可回

問う 子《し》は誰とか為《な》すと
田父《でんぷ》 好懐有り
壺漿《こしょう》もて遠く候《うかが》われ
我れの時《とき》と乖《そむ》くを疑《うたご》う
茅簷《ぼうえん》の下《もと》に繿縷《らんる》するは
未《いま》だ高栖《こうせい》と為《な》すに足《た》らず
一世《いっせい》 皆《み》な同じくするを尚《とうと》ぶ
願わくは君も其《そ》の泥《どろ》に汨《しず》めと
深く父老《ふろう》の言《げん》に感ずるも
稟気《ひんき》 諧《かの》う所寡《ところすくな》し
轡《たづな》を紆《ま》ぐること誠《まこと》に学ぶ可《べ》きも
己《おのれ》に違《たご》うは詎《な》んぞ迷《まよ》いに非《あら》ざらんや
且《しばら》く共《とも》に此《こ》の飲《いん》を歓《たの》しまん
吾《わ》が駕《が》は回《めぐ》らす可《べ》からず

すがすがしく晴れた早朝、門を叩く音がするので、私は大あわてで着物も整えぬままに出て行って門を開《ひら》いた。

はて、どちら様かと尋ねると、何とその百姓の親爺さん、ご親切にも壺酒を携え遠くからわざわざ訪ねて来てくれたのだと言う。私が役人になろうとせず、時世に背を向け貧乏暮らしをしているのを案じてくれている。親爺さんが言うには、

「ぼろをまとって粗末な家に住んでおられる。いまだご高尚な生活とはお見受けできません。今のご時世、他人《ひと》と上手く調子を合わせることが大事と言いますから、悪いことは申しません、世の中の皆が泥にまみれているのなら、あなたも一緒にその泥の中に入っておしまいなさい」、と。

「なるほどご老人、ごもっともです。しかしどうも私は生まれつき、人と調子を合わせるのが下手なのです。手綱を曲げて上手くやっていくことも確かに学ぶべきなのでしょうが、自分の信念を曲げて志に背くというのは、やはり間違いではないでしょうか。

まああそれはさておき、今日はご持参の酒を一緒に楽しませていただきましょう。とは申せ、手綱を曲げて私の車を逆戻りさせることはできませぬぞ」。

其の十

在昔曾遠遊
直至東海隅
道路迥且長
風波阻中塗
此行誰使然
似爲飢所驅
傾身營一飽
少許便有餘
恐此非名計
息駕歸閒居

在昔《むかし》 曾《か》つて遠く遊《たび》し
直《ただ》ちに東海《とうかい》の隅《くま》に至《いた》れり
道路《どうろ》 迥《はる》かにして且《か》つ長く
風波《ふうは》 中塗《ちゅうと》を阻《はば》む
此《こ》の行《たび》 誰《いずれ》か然《しか》らしめし
飢《う》えの駆《か》る所《ところ》と為《な》るに似たり
身《み》を傾《かたむ》けて一飽《いっぽう》を営《いとな》まば
少許《しょうきょ》にして便《すなわ》ち余《あま》り有《あ》らん
此《こ》れ名計《めいけい》に非《あら》ざるを恐れ
駕《が》することを息《や》めて閑居《かんきょ》に帰れり

むかし、遠い東海の地の、そのずっと果てまで遠征の旅に出たことがある。道ははるかどこまでも長く続き、揚子江の風波は恐ろしいまでに道中を阻んだ。

この旅は、そもそも何がそうさせたのか。思えば家族の飢えが私を駆り立て、追い立てられて行ったようなものだ。

だが考えてみれば、家族が食べるだけのためなら、私が全力で努力しさえすれば何とか飢えはしのげるだろうし、もともとわずかな食糧で十分なのだから、余りさえあるだろう。

これはどうも良い方法ではない、と気がつき、役人をやめてこの閑居（我が家）に帰ってきたのだった。

其の十一

顔生稱爲仁
榮公言有道
屢空不獲年
長飢至於老
雖留身後名
一生亦枯槁
死去何所知
稱心固爲好

顔生《がんせい》は仁《じん》を為すと称《しょう》せられ
栄公《えいこう》は有道《ゆうどう》と言わるるも
屡《しば》しば空《むな》しくして年《とし》を獲《え》ず
長《つね》に飢《う》えて老《お》いに至《いた》れり
身後《しんご》の名を留《とど》むと雖《いえど》も
一生　亦《ま》た枯槁《ここう》す
死《し》し去りては何《なん》の知る所《ところ》ぞ
心《こころ》に称《かの》うを固《もと》より好《よ》しと為《な》す

客養千金軀
臨化消其寶
裸葬何必惡
人當解意表

千金《せんきん》の軀《からだ》を客養《かくよう》するも
化《か》に臨んでは其《そ》の宝《たから》を消す
裸葬《らそう》 何《なん》ぞ必ずしも悪《あ》しからん
人《ひと》びとよ 当《まさ》に意表《いひょう》を解《かい》すべし

顔回《がんかい》は仁を実践した人だと称せられ、栄啓期は道を体得した有道の人だと言われている。しかし、顔先生はしばしば食べるに事欠いたし、長生きもできなかった。栄長老は長生きはできたが、いつも貧しく飢えていた。

二人は死後に名を残したけれども、その二人が生きている間に味わった一生とは、まあ、干からびた枯れ木のようでもあった。死んでしまったら死後の名声などどうしてわかろう。生きている間に、自分の心に適う生き方をするのが一番よいのだ。

とはいえ、この体は千金の宝にも勝るとばかりにひたすら大事にしようとも、人は必ず死に、死んだ後はその千金の宝も消えてしまうのだ。たとえ豪華な棺《ひつぎ》だとてむなしいものであろう。前漢の楊王孫という人は、死んだら生まれた時と同じ姿で土に帰りたい、と裸で墓に葬られた。奇矯な振る舞いだと物笑いになったというが、それとて、必ずしも悪くはあるまい。

すべてものごとは何が肝要か、ということなのだ。何事も表面に見えることだけで判断してはいけない。隠れていてもそこにある、真意をこそ悟るべきなのである。

其の十二

長公曾一仕　　長公《ちょうこう》は曾《か》つて一《ひと》たび仕《つか》えしも
壯節忽失時　　壮節《そうせつ》 忽《たちま》ち時《とき》を失う
杜門不復出　　門を杜《と》じて復《ま》た出《い》でず
終身與世辭　　終身《しゅうしん》 世《よ》と辞《じ》す
仲理歸大澤　　仲理《ちゅうり》は大沢《だいたく》に帰り
高風始在茲　　高風《こうふう》 始めて茲《ここ》に在《あ》り
一往便當已　　一《ひと》たび往《ゆ》いては便《すなわ》ち当《まさ》に已《や》むべし
何爲復狐疑　　何為《なんす》れぞ復《ま》た狐疑《こぎ》せん
去去當奚道　　去《さ》り去《さ》りて当《まさ》に奚《いず》れにか道《みち》すべき
世俗久相欺　　世俗 久しく相《あ》い欺《あざむ》く

擺落悠悠談　悠悠《ゆうゆう》の談《だん》を擺《はら》い落《おと》し
請従余所之　請《こ》う余《わ》れの之《ゆ》く所《ところ》に従《したが》わん

前漢の張長公《ちょうちょうこう》という人は、一度は官職に就いたけれど、おべっかを使うことができない性分で時世と合わず、官位を召し上げられてしまった。若いうちに辞めてしまってからは、門を閉ざして二度と出仕せず、生涯、世間に背を向けて暮らした。

後漢の学者楊仲理《ようちゅうり》は、同じく時世と合わず職を辞し、大沢《だいたく》に帰ってしまった。かくして弟子への講授に専心し、その志を守り抜いてはじめて、きびしくも高尚な気風が打ち立てられたのだ。

たとえひとたびは仕えても、すぐにきっぱりと辞めるべきなのだ。どうしてぐずぐずとためらうことがあろう。

かくさっさと辞めて、さて、どこへ向かって進むべきか。世間は久しい間、嘘や騙《だま》し合いばかりである。暇に飽かした清談や空談ともきっぱり縁を切ろう。そして私は心の願うままに、自分の道を進んで行こう。

其の十三

有客常同止
取舍邈異境
一士長獨醉
一夫終年醒
醒醉還相笑
發言各不領
規規一何愚
兀傲差若頴
寄言酣中客
日沒燭當秉

客《きゃく》ありて常《つね》に止《し》を同《おな》じくするも
取舎《しゅしゃ》 邈《はる》かに境《きょう》を異《こと》にす
一士《いっし》は長《つね》に独り酔《よ》い
一夫《いっぷ》は終年《しゅうねん》 醒《さ》む
醒《さ》めたると酔《よ》えると還《ま》た相《あ》い笑《あざけ》り
発言《はつげん》 各《おの》おの領《りょう》せず
規規《きき》たるは一《いっ》に何《なん》ぞ愚《おろ》かなる
兀傲《ごつごう》たるは差《いささ》か頴《まさ》れるに若《に》たり
言《げん》を寄す 酣中《かんちゅう》の客に
日没《ひぼっ》せば燭《しょく》を当《まさ》に秉《と》るべし

もう一人の男というのがいて、二人の男はいつも起居を共にしている。だが考えることも行動もまるで違う。片や、いつも酒を飲んでは酔っぱらっている。片や、年中しらふである。それでも、しらふ男と酔っぱらい男は互いに相手のことをあざ笑ったりするのだが、言っていることはお互いさっぱり通じていない。

杓子《しゃくし》定規のしらふ男に一体何が分かるものか。さてもさても愚かなことよ。それにくらべれば、悠々傲然たる酔っぱらい男の方が、わずかなりとも優《まさ》っていようというものだ。

もしもし、酒も佳境のそのお方、日が暮れたっておしまいにするんじゃありませんよ。灯《あかり》をともして大いに楽しみを尽くしなさるがよろしい。

其の十四

故人賞我趣
挈壺相與至
班荊坐松下
數斟已復醉
父老雜亂言
觴酌失行次
不覺知有我
安知物爲貴

故人《こじん》 我が趣《おもむき》を賞《しょう》し
壺《つぼ》を挈《たずさ》えて相《あ》い与《とも》に至《いた》る
荊《けい》を班《し》きて松下《しょうか》に坐《ざ》し
数斟《すうしん》にして已《すで》に復《ま》た酔う
父老《ふろう》 雑乱《ざつらん》して言い
觴酌《しょうしゃく》 行次《こうじ》を失《しっ》す
覚《おぼ》えず 我れ有るを知るを
安《いず》くんぞ知らん 物《もの》を貴《とうと》しと為《な》すを

悠悠迷所留
酒中有深味

悠悠《ゆうゆう》たるは 留《とどま》る所《ところ》に迷う
酒中《しゅちゅう》 深味《しんみ》あり

知り合いが日頃の私の暮らしぶりをほめてやろうと、酒壺を携え、うち連れてやって来た。

松の木の下に草を敷いて皆で座る。たった数杯酌み交わすだけでもう酔いが回り、親爺さんたちは上機嫌だ。すでに何を言っているのかも分からぬ。杯《さかずき》のやり取りも順序もどこへやらで、すっかりご酩酊である。

酒を飲めば酒に飲まれ、もはや酒を飲んでいる自分自身の存在すら分からぬ。こんな具合で、どうして俗世の名利や評判に酩酊している自分自身が分かろうか。私が私の信念を貫いて暮らしているのを気に入ってくれるのはうれしいが、私の暮らしぶりをほめながら、自分自身は世間の名利や評判を追い求めずにいられない。まあ、それに気づかないうちは、とうてい俗世を思い切れはすまい。いつまでも自分の落ち着く場所に迷うだけだ。

こうして酒を飲みつつ私は独り、酒というものの中にあるこの深い境地に浸るのだ。

其の十五

貧居乏人工
灌木荒余宅
班班有翔鳥
寂寂無行迹
宇宙一何悠
人生少至百
歳月相催逼
鬢邊早已白
若不委窮達
素抱深可惜

貧居《ひんきょ》 人工《じんこう》に乏《とぼ》しく
灌木《かんぼく》 余《わ》が宅《いえ》を荒《おお》う
班班《はんはん》として翔《か》ける鳥あり
寂寂《せきせき》として行迹《こうせき》なし
宇宙《うちゅう》 一《いつ》に何《なん》ぞ悠《ゆう》たる
人生《じんせい》 百《ひゃく》に至ること少《まれ》なり
歳月《さいげつ》 相《あ》い催《うなが》し逼《せま》り
鬢辺《びんぺん》 早や已《すで》に白し
若《も》し窮達《きゅうたつ》に委《ゆだ》ねずんば
素抱《そほう》 深く惜《お》しむべし

貧乏住まいで手入れも行き届かず、生い茂った灌木が我が家をおおってしまった。その灌木に止まるという鳥たちの飛ぶ姿は空にくっきりと見えるが、私の庭はひっそりとして、訪れる人の足あともない。

この宇宙は何と果てしなく広く、また無限に長く続くのか。それにひきかえ、人の一生など百年続くことさえ稀なのだ。歳月は、人をせきたてるようにして容赦なく過ぎ去って行く。私の鬢《びん》も、はやもう白くなってしまった。

これが私の運命なら、私はその運命を受け入れよう。それでも立ち止まらず、これまで固く守ってきた自分の志に背かず、自分の心が決めた道を歩き切ればよいのだ。そうしなければ、深く後悔するのは私自身だろう。

其の十六

少年罕人事
游好在六經
行行向不惑
淹留遂無成
竟抱固窮節
飢寒飽所更
弊廬交悲風

少年のころは人事《じんじ》罕《まれ》にして
游好《ゆうこう》は六経《りくけい》に在《あ》りき
行《ゆ》き行《ゆ》いて不惑《ふわく》に向《なんなん》とするに
淹留《えんりゅう》 遂《か》くて成《な》るなし
竟《つい》に固窮《こきゅう》の節《せつ》を抱《いだ》きて
飢寒《きかん》 更《へ》し所《ところ》に飽《あ》く
弊廬《へいろ》 悲風《ひふう》を交《ま》じえ

荒草沒前庭
披褐守長夜
晨鶏不肯鳴
孟公不在茲
終以翳吾情

荒草《こうそう》　前庭《ぜんてい》を没《ぼっ》す
褐《かつ》を披《き》て長夜《ちょうや》を守るに
晨鶏《しんけい》　肯《あ》えて鳴かず
孟公《もうこう》　茲《こ こ》に在《あ》らず
終《つい》に以《もっ》て吾《わ》が情《じょう》を翳《かげ》らす

若い頃は世事に疎《うと》く、世間と関わることもまれだった。もっぱら書を好み、六経を学ぶことに夢中だった。

そうもしておれず出仕したものの、もう四十になろうという頃になっても私はぐずぐずしたままで、何の志も成就させることができなかった。

私としては固窮の節を抱き、貧窮に負けず志を固く守ってきたが、結局、飢えと凍えとを嫌というほど味わってきただけだった。

この貧しい破れ家には悲しげな風が吹き過ぎ、前庭は雑草にうずもれている。ごつごつの粗末な着物を着て、私はこの暗く長い夜が明けるのをじっと待っている。だが夜明けを告げる鶏は、どうしても鳴こうとしない。

漢の劉孟公《りゅうもうこう》は、雑草にうずもれた破れ家で貧乏文士が独りその身を修め、その志を高く保っているのを見出《みいだ》したという。だが今の世には、孟公のようなそんな人物はいない、ということが、いつも私の心をかげらせる。

其の十七

幽蘭生前庭
含薰待清風
清風脱然至
見別蕭艾中
行行失故路
任道或能通
覺悟當念還
鳥盡廢良弓

幽蘭《ゆうらん》 前庭《ぜんてい》に生《しょう》じ
薫《かお》りを含んで清風《せいふう》を待つ
清風 脱然《だつぜん》として至《いた》らば
蕭艾《しょうがい》の中《うち》より別《わか》たれん
行《ゆ》く行《ゆ》く故《もと》の路《みち》を失《うしな》いしも
道に任《ゆだ》ねなば或《ある》いは能《よ》く通《つう》ぜん
覚悟《かくご》して当《まさ》に還《かえ》るを念《おも》うべし
鳥尽《とりつ》くれば良弓《りょうきゅう》は廃《す》てらる

前庭にひっそりと蘭の花が咲いた。ほのかなかおりを含んで、すがすがしい風の吹くのを待っている。この庭に清風がさっとひと吹きすれば、そのとき蘭のかおりは辺りに漂い、一面にはびこる蓬《よもぎ》からはっきりと区別されるのだ。

どんどん歩きつづけているうちに、私はもとの自分の路を見失ってしまった。しかし、引き返すのがよいのだ。自分の信念に順《したが》い、自然の道理に身を任せたなら、あるいは道も開《ひら》けよう。

人々よ、ここのところを深く心に悟って、引き返すことを考えよ。諺にも言う、「鳥が尽きていなくなれば、役に立った弓も捨てられる」、と。

其の十八

子雲性嗜酒
家貧無由得
時頼好事人
載醪祛所惑
觴來爲之盡
是諮無不塞

子雲《しうん》は性《うまれ》つき酒を嗜《この》めども
家貧《まず》しくして得《う》るに由《よし》なし
時《とき》に頼《さいわ》いにも好事《こうず》の人の
醪《ろう》を載《の》せきて惑《まど》う所《ところ》を祛《はろ》う
觴《さかずき》来《き》たれば之《これ》が為《ため》に尽くす
是《こ》れ諮《はか》れば塞《み》たされざることなし

有時不肯言
豈不在伐國
仁者用其心
何嘗失顯默

時《とき》ありて肯《あ》えて言わざるは
豈《あ》に国《くに》を伐《う》つことに在《あ》らざらんや
仁者《じんしゃ》 其《そ》の心《こころ》を用《もち》うるに
何《なん》ぞ嘗《か》つて顕黙《けんもく》を失《しっ》せん

漢の揚子雲《ようしうん》という学者は酒を好む質《たち》であったが、何しろ家が貧しくて、酒を飲もうにも手に入れる手だてがなかった。時には幸いなことに、物好きな男が謝礼として濁酒《どぶろく》を車に乗せて来て学問上の疑問を解いてもらったりした。おかげで先生の方は、杯を差されればそれではと一気に飲み干す。男の方とて、およそ尋ねることで満足できぬことはない、という具合だった。

ところがこの先生が口をつぐんで、どうしても一言もしゃべろうとしないことがある。それは間違いなく、他国を伐《う》つ策を問われた時にちがいない。

仁者たるものがその心をはたらかせれば、どうして立言してよいことと沈黙すべきこととを取り違えることなどあろうか。

其の十九

疇昔苦長飢
投耒去學仕
將養不得節
凍餒固纏己
是時向立年
志意多所恥
遂盡介然分
拂衣歸田里
冉冉星氣流
亭亭復一紀
世路廓悠悠
楊朱所以止
雖無揮金事
濁酒聊可恃

疇昔《むかし》 長《つね》に飢《う》うるに苦しみ
耒《すき》を投《とう》じ去《ゆ》きて学《はじ》めて仕《つこ》う
将養《しょうよう》 節《せつ》を得《え》ず
凍餒《とうだい》 固《もと》より己《おのれ》に纏《まと》う
是《こ》の時《とき》 立年《りつねん》に向《なんなん》とし
志意《しい》に恥ずる所《ところ》多し
遂《か》くて介然《かいぜん》たる分《ぶん》を尽《つ》くし
衣《ころも》を払《はら》って田里《でんり》に帰る
冉冉《ぜんぜん》として星気《せいき》流れ
亭亭《ていてい》として復《ま》た一紀《いっき》
世路《せいろ》 廓《ひろ》くして悠悠《ゆうゆう》たり
楊朱《ようしゅ》の止《とど》まりし所以《ゆえん》ならん
金《かね》を揮《ふる》う事《こと》なしと雖《いえど》も
濁酒《だくしゅ》 聊《いささ》か恃《たの》む可《べ》し

かつて私は食べる物にも事欠く生活をしていた。このままではどうにもならぬと、耒《すき》を投げすて家を出て、はじめて官吏となった。それでも家族を養うほどにはうまくゆかず、飢えと凍えとはどこまでも私にまつわりついて離れなかった。

当時私は三十になろうとしていたが、役人生活というのは、私の信念や志に恥じることばかり多かった。

かくて私は自分の心が決めた道を歩き切ろうと決意し、きっぱりと官を辞してこの田園に帰って来た。

時はとどまることなく流れ、あれからもう十二年が過ぎてしまった。

人がこの世で生きていく路は、ひろびろとしてあてどもない。その昔、戦国時代の楊朱《ようしゅ》が、目の前にあらわれた岐路を見て茫然と立ちすくみ大声をあげて泣いたという。(誠に、はじめの路はどうにでも選べるが、その先の命運は誰にもどうなるかは分からないのだ)いかにももっともなことであろう。

きっぱり官を辞した私であるが、漢の疏広《そこう》や疏受《そじゅ》のような、皇帝からの拝領金もなし。ましてや、財は誰のためにもならぬと郷里の村人に大盤振る舞いし、自由気ままに暮らしたというその身分にはとうてい及ばぬが、まあ私には、この濁酒《どぶろく》が恃《たの》みになるというもの。

其の二十

羲農去我久
舉世少復眞
汲汲魯中叟
彌縫使其淳
鳳鳥雖不至
禮樂暫得新
洙泗輟微響
漂流逮狂秦
詩書復何罪
一朝成灰塵
區區諸老翁
爲事誠殷勤
如何絶世下

羲《ぎ》と農《のう》とは我《わ》れを去ること久しく
世《よ》を挙《あ》げて真《しん》に復《かえ》ること少《まれ》なり
汲汲《きゅうきゅう》たる魯中《ろちゅう》の叟《おきな》
弥縫《びほう》して其《そ》を淳《じゅん》ならしむ
鳳鳥《ほうちょう》は至《いた》らずと雖《いえど》も
礼楽《れいがく》は暫《しばら》く新しきを得《え》たり
洙《しゅ》と泗《し》とに微響《びきょう》の輟《や》みてより
漂流《ひょうりゅう》して狂秦《きょうしん》に逮《およ》ぶ
詩《し》と書《しょ》とに復《ま》た何《なん》の罪《つみ》かある
一朝《いっちょう》にして灰塵《かいじん》と成《な》る
区区《くく》たる諸老翁《しょろうおう》の
事《こと》を為《な》すは誠《まこと》に殷勤《いんぎん》なりしも
如何《いか》んせん 絶世《ぜっせい》の下《もと》

六籍無一親
終日馳車走
不見所問津
若復不快飲
空負頭上巾
但恨多謬誤
君當恕醉人

六籍《りくせき》の一《ひと》つにも親《した》しむもののなきを
終日《しゅうじつ》車《くるま》を馳《は》せて走るも
問《と》うべき所《ところ》の津《しん》を見ず
若《も》し復《ま》た快《すみや》かに飲まずんば
空《むな》しく頭上《ずじょう》の巾《きん》に負《そむ》かん
但《た》だ恨《うら》むらくは謬誤《びゅうご》多からん
君《きみ》よ当《まさ》に酔人《すいじん》を恕《ゆる》すべし

伏羲《ふっき》や神農《しんのう》といった古代の帝王の時代は、我れわれから遥か遠い昔となり、今の世には、あのような真実でありのままの生活に戻ろうとする人など一人もいない。

魯の孔子老先生は、せっせとそのほころびをつくろい続け、何とか淳朴な世に返そうとした。太平の世に飛来するという瑞鳥の鳳《おおとり》はあらわれなかったけれど、礼《れい》や楽《がく》はしばらくの間は新たな生気を取り戻した。魯の国を流れる洙水《しゅすい》と泗水《しすい》、その川のほとりで、孔子はあの趣《おもむき》深く香り高い教えを説いた。だがその声が絶え、川の美しい響きが聞こえなくなってから、時代は激流と化し、常軌を逸する秦の時代に漂着した。詩経や書経に何の罪がある。しかるにそれらは一瞬にしてすべてが燃え尽き、灰くずとなってしまった。

次の漢の時代、老学者たちは六経を伝えんと誠にこまごまと注釈を施し、整理して、精一杯仕事をしたのであった。ところがなにぶんにも時を遥かに隔てた後の世のこととて、誰もこれらの経書を一つとして顧みようともしない。その昔、孔子一行が渡し場へ行く路に迷った時、野良仕事をしていた長沮《ちょうそ》、桀溺《けつでき》に路を尋ねたという。今や、日がな一日車馬を馳せ巡らすも、渡し場を尋ねるべき人など目に入らぬありさまだ。そもそも自分が道に迷っていることとすら知らず、教えを請おうともしない。もはや人の道にも渡し場にも誰も目もくれぬ。

これではさっさと酒でも飲んでやらねば、私の頭上の酒漉《さけこ》し頭巾《ずきん》まで、用無しになってしまうというものだ。

ただ心残りは、これまで私の書き付けてきた詩や言辞には、思い違いや誤りも多かろうということ。そこはそれ酔っぱらいのこと、なにとぞご寛恕くだされたし。

《会《さと》ること有りて作る》幷《なら》びに序《じょ》は、これを序と本文に分けて訳す。

《有會而作》幷序

舊穀既沒、新穀未登、
頗爲老農、而値年災
日月尚悠、爲患未已
登歳之功、既不可希、
朝夕所資、煙火裁通
旬日已來、始念飢乏
歳云夕矣、慨然永懷
今我不述、後生何聞哉

旧穀《きゅうこく》既に没《つ》き、新穀《しんこく》未《いま》だ登《みの》らず、
頗《すこぶ》る老農《ろうのう》と為《な》れるに、而《しか》も年災《ねんさい》に値《あ》う。
日月《じつげつ》は尚《な》お悠《ゆう》として、患《わざわ》いを為すこと未《いま》だ已《や》まず。
登《みの》りの功《とりい》れは、既に希《ねご》う可《べ》からず、
朝夕《ちょうせき》資《たの》む所《ところ》は、煙火《えんか》の裁《わず》かに通《つう》ずるのみ。
旬日已来《じゅんじついらい》、始めて飢乏《きぼう》を念《おも》う。
歳《とし》は云《ここ》に夕《く》れなんとし、慨然《がいぜん》として永《なが》く懐《おも》う。
今《いま》我れ述べずんば、後生《こうせい》何をか聞かんや。

前年の穀物はすでに無くなり、新穀はいまだみのらぬ時に、かなり経験を積んだ農夫になったつもりの私が、それでもどうしようもない災禍に遭ってしまった。穫《と》り入れの時期はまだまだ先だというのに、被害は一向《いっこう》に収まらない。もはや今年の収穫は望めぬだろう。

朝夕たのみにする食べものさえ、ほそぼそと竈《かまど》の煙をあげるのがやっとというありさまだ。
十日ほど前から、いよいよひもじさが頭を離れないのだ。今や歳も暮れようとしている。嘆きと憤りで心が静まらぬまま、私はじっと考え込む。今、私がこの思いを書きとどめなければ、後世の人々は一体何を知ることができよう。

弱年逢家乏
老至更長飢
菽麥實所羨
孰敢慕甘肥
惄如亞九飯
當暑厭寒衣
歳月將欲暮
如何辛苦悲
常善粥者心
深念蒙袂非

弱年《じゃくねん》にして家の乏《とぼ》しきに逢《あ》い
老《お》い至って更《さら》に長《つね》に飢《う》う
菽《まめ》と麦とは実《まこと》に羨《うらや》む所《ところ》にして
孰《たれ》か敢《あえ》て甘《うま》く肥《こ》えたるを慕《した》わんや
惄如《てきじょ》たるは九飯《きゅうはん》に亜《つ》ぎ
暑《あた》きに当りても寒《ふゆ》の衣《い》に厭《あ》く
歳月《さいげつ》は将《まさ》に暮《く》れんと欲《す》るに
如何《いか》んぞ 辛苦《しんく》の悲しき
常に粥者《じゅくしゃ》の心《こころ》を善《よ》しとし
深く 袂《たもと》を蒙《こうむ》りしものの非《ひ》なるを念《おも》う

嗟來何足吝
徒沒空自遺
斯濫豈攸志
固窮夙所歸
餒也已矣夫
在昔余多師

嗟来《さらい》 何ぞ吝《お》しむに足《た》らん
徒《いたず》らに没《ぼっ》して空《むな》しく自《みずか》ら遺《のこ》せるのみ
斯濫《しらん》は豈《あ》に志《こころざ》す攸《ところ》ならんや
固窮《こきゅう》は夙《つと》に帰《き》する所《ところ》なり
餒《う》えや 已《や》んぬるかな
在昔《むかし》に余《わ》れは師《し》多し

若い頃、私は家が貧しくなるのにめぐりあわせ、年老いてからは、いっそうひどい飢えを味わっている。

　私はただこの飢えをしのいでくれる豆と麦とを願っているだけで、決して美味で贅沢な食べものを欲しがっているわけではないのだ。

　このひもじさは言うなれば、三十日に九度しか食事をしなかったという子思《しし》（孔子の孫）のそれに次ぐものだろう。暑い夏でも冬着のまま過ごし（冬は寒さを防ぐ夜具すらない）、という生活を私は厭というほど味わってきた。歳ももう暮れだというのに、どうしてかくも辛くて苦しい目に遭って悲しまねばならぬのか。

昔、斉《せい》の国に大飢饉があった時、黔敖《けんごう》という金持ちが徳を為そうと道端に粥を用意し、飢えた人びとに与えたという。まことにその心は善である。私は深く考えた上で思うのだ、施しを恥じて袂《たもと》で顔を隠し、施す者の無礼に腹を立てて結局餓死した男は非である、と。「さあ、食え」と投げ捨てられたような施しなど受け取れぬ、と餓死した男は間違っている。たったそれしきのことなら思い切ってもよかろう［確かに、その潔さは人として貴いものであろう。だが、ムダ死にしてしまったその男の命は、もっと貴いものではなかったか］。男はただむなしく名を残しただけである［一体、今の世の生活の現実は、本当に人びとの「非」であるのか。人びとよ、その命を生きよ］。

とは言え、飢えや凍えに節操もなく取り乱すことを私自身が望んでいるわけではない。「固窮の節」は、私自身が選んだ生き方である。私が飢えて凍えるのは、もとより覚悟の上である。

このひもじさは致し方のないことではないか。過去には、このひもじさにたえた私の心の師がたくさんいる。

《雑詩》其十

閑居執蕩志
時駛不可稽
驅役無停息
軒裳逝東崖
泛舟擬董司
寒氣激我懷
歳月有常御
我來淹已彌
慷慨憶綢繆
此情久已離
荏苒經十載
暫爲人所羇
庭宇翳餘木

閑居《かんきょ》して蕩志《とうし》を執《と》る
時《とき》は駛《は》せて稽《とど》む可《べ》からず
駆役《くえき》 停息《ていそく》無く
軒裳《けんしょう》 東崖《とうがい》に逝《ゆ》く
舟を泛《うか》べて董司《とうし》に擬《まみ》ゆれば
寒気《かんき》 我が懐《ふところ》を激《げき》す
歳月に常御《じょうぎょ》あり
我れ来たりて淹《ひさ》しく已《すで》に弥《わた》る
慷慨《こうがい》して綢繆《ちゅうびゅう》を憶《おも》う
此《こ》の情《じょう》 久しく已《すで》に離る
荏苒《じんぜん》として十載《じっさい》を経《ふ》
暫《しばら》く人の羇《き》する所《ところ》と為る
庭宇《ていう》 余木《よぼく》に翳《かげ》り

倏忽日月虧

倏忽《しゅくこつ》として日月《じつげつ》虧《か》く

閑居（二十九歳、一回目の閑居）して自分の志を固く守ってきたが、時だけが駆け抜けて行きとどめようもない。任務に駆り立てられること止《や》まず、今また遠く都に使いする。舟に乗り董司《とうし》（都督軍事者、すなわち劉裕）に謁見しに行ったが、ぞっとする寒気が私の懐《ふところ》を貫き、胸底にある私の懐《おも》いを激した。

歳月には「時の御者」なるものがいて、じつに正確に運行するものである。顧《かえり》みれば、私が初めて仕官してから今に至るまで、ずいぶん長い年月が過ぎてしまった。このあたりで一区切りするには、もう十分な年月であろう。

出仕するたび、私は嘆きと憤りの堪えがたい気持ちで同僚の国事のやり方を見てきた。ずっとそう思いながらもとりあえず役人を勤めてきたが、ずるずるといつの間にか十年、もうきっぱりとここまでだ。

家や庭は荒れ、茂るにまかせた庭木に覆われて薄暗くなっている。あやうくこの人生の貴重な年月を私は無駄に使い果たしてしまうところだった。

おわりに

これらの日本語訳はすでに述べた通り、本稿第一部で考察した〈もうひとつの陶淵明〉、いわば〈脱田園詩人〉としての陶淵明の生き方を通して読んだ淵明詩の試みの訳である。

折りしも拙稿を書き終えようとする頃、『陶淵明全詩文集』（林田愼之助 訳注、二〇二二年一月初版、ちくま学芸文庫）が出版された。林田氏はその詩文集の解説の中で、陶淵明は田園詩人、隠逸詩人の枠のなかには収まりきらぬ詩人であると述べる。その理由として《述酒》と《荊軻を詠ず》の詩篇に言及し、淵明が「当時の政治の状況にたいしてひそかに風刺し慷慨していた」ことがみえる点を挙げる。加えて、近世の宋の蘇東坡（蘇軾）や南宋の朱熹（朱子）が、陶淵明に内在する「人生や社会との葛藤」や「おのずから豪放な気質」を認識した点を挙げる。ただし、氏の解釈を引用すれば、「（隠者の多くが）社会において有為であろうとして、その志を果たせなかった人々である。現実参加の儒教の理念をいだきながら、結局は現実にいれられぬ憤りを内にひめた隠逸詩人のあらがいと悲しみが、陶淵明のなかに音を立てて流れている。そこに朱熹は陶淵明に内在する豪放の気をみてとっていたのであろう」、ということになる。そうだとするならば、あるいは氏の「慷慨」や「憤り」における淵明解釈は、拙論におけるその淵明解釈とは異なるものであろう。とは言え、陶淵明は田園詩人、隠逸詩人の枠のなかには収まりきらぬ、との解釈に大いに勇気づけられるのである。

確かに陶淵明にも、志を固く守り、固窮の節を貫いて、それでもその志を得ぬ社会への嘆きや憤りがあった。淵明は「淹留《えんりゅう》遂《か》くて成る無し」と嘆いている。だがその初々しい嘆きや憤りが、陶淵明の生涯を貫いたと見誤ってはならぬのだ。淵明は「それが天命なら喜んで受け入れよう」と覚悟する。かくて閑居した東晋末十四年の苦悩の中で、その志を果たすのは出仕でも運命でもないとさとり、〈自分の志は自分自身がやり遂げる〉と決意するのである。本稿第一部で考察した「淵明四十一歳 三部作」に始まり「淵明五十四歳三部作」に至る六篇の詩の呼応がそれを物語る。

陶淵明の使用する詩語「慷慨」の読解に於て、拙論が捉えた新たな解釈（仮説）はさらに考察を要するだろうが、陶淵明の詩作態度には「（当該詩語本来の使用認識をもつ）慷慨」を読み取らざるを得ないのである。かくして淵明が時に使わざるを得なかった寓意や仮想表現の真意を一つ一つ解明しながら読解を試みる時、あたかもジグソーパズルのピースがはまっていくように、淵明詩の中から淵明の声が聞こえてくるのである。東晋末、人びとがムダ死にしてゆく現実を前に〈人びとよ、その命を生きよ〉と淵明の嘆きと憤りはその頂点に達する。淵明は明確に「今 我れ述べずんば、後生 何をか聞かんや」、と抗議の筆を執ったのである。

乱世にあって、「人間 陶淵明」として現実の社会にその命を生き抜き、ただ自分の心に従って、人としてその役割を生き切った「詩人 陶淵明」の姿がここに見えてくるのである。今こそ陶淵明を捉え直し、淵明詩を読み直す時ではないだろうか。たとえ淵明が天下国家を慷慨し、世に抗議したとしても、〈その命を真に生きよ〉と伝え、人の世を信じ続けた淵明と淵明詩の意義は深まりこそすれ失われることは決してないはずである。

書誌

一海知義、『陶淵明』、中國詩人選集四、一海知義 注、一九五八年初版、一九八六年、岩波書店
王瑤、『中国の文人（原題―中古文学史論）』、石川忠久・松岡榮治 訳、一九九一年初版、大修館書店
鴨長明、『方丈記』、浅見和彦 訳・注、二〇一二年、笠間書院
後藤秋正、「「慷慨」の軌跡」補講―陶淵明における慷慨について―」、『北海道教育大學語學文學』、第一八号、一九八〇年
斯波六郎、『陶淵明詩譯注』、上篇「陶淵明について」・下篇「陶淵明詩鈔譯附注」、一九五一年初版、一九八一年、北九州中國書店
斯波六郎、『中国文学における孤独感』、一九九〇年、岩波書店
釈清潭、『陶淵明集・王右丞集』、國譯漢文大成、第八巻 續文學部 第一輯、一九四〇年出版、国民文庫刊行会編底本、二〇〇〇年復刊、国訳漢文大成、第十五巻 続文学部 第一集（上）日本図書センター

鈴木大拙、『一禅者の思索』、一九八七年、講談社
鈴木大拙、『禅ＺＥＮ』、工藤澄子 訳、一九八七年、筑摩書房
鈴木虎雄、『陶淵明詩解』、一九四八年初版、一九九一年、平凡社
根来司、『時枝誠記研究 言語過程説』、一九八五年、明治書院
林田愼之助、『陶淵明全詩文集』、林田愼之助 訳注、二〇二二年初版、筑摩書房
吉川幸次郎、『陶淵明伝』、一九五八年初版、二〇〇八年、筑摩書房
李長之、『陶淵明』、筑摩叢書七二、一九六六年初版、松枝茂夫・和田武司 訳、一九八五年、
筑摩書房
逯欽立、『陶淵明集』、中國古典文學基本叢書、逯欽立 校注、一九七九年初版、一九八二年、
中華書局出版
魯迅、「魏晋の気風および文章と薬および酒の関係、魯迅 広東夏季学術講演・講演録、
一九二七年」、『魯迅評論集』、竹内好 訳、一九八一年、岩波書店
和田武司、『陶淵明伝論』、二〇〇〇年、朝日新聞社

あとがき

私が神戸大学に入学した一九六九年四月は、大学紛争の余波が未だ収まり切っておらず、残念なことに入学式がなかった。さらに追い撃ちをかけたのが大学から届いた「九月まで自宅待機」の通知である。その理由の文言はもはや記憶にないが、「新入生が大学に期待できぬということか」と途方に暮れたことを覚えている。入学したとはいうものの「大学とは一体何ぞや」、と疑問だけが残ることになったのである。

もちろん大学の混沌だけではない。授業開始後の私自身もまた混沌そのものであった。どこか周囲とちぐはぐな自分の価値観に自ら消耗していたのかもしれない。それでも歳月は流れ一九七三年、教育学部を卒業する年になった。ところが、何とそこで（普通教育専攻）必修単位の不足が判明したのである。どうしても学びたいという、もっぱらの要求に基づく受講傾向に幾らか偏りがあったことの判明でもあった。特殊教育科目の過剰取得単位を以て「読み替える」という特例により卒業できたのは、ひとえに根来司先生（指導教官）のご尽力の賜物である。かくて私はその時自らに課した「宿題」を抱えて卒業することになる。後年、根来先生のご著書『時枝誠記研究 言語過程説』に偶然見つけた時枝博士の卒業論文からの一文「ソレ自身極メテ価値少ナイニモ拘ハラズ、私ニトッテハドウシテモ通過セネバナラヌ要求ニ基イタノデアル」に接した時、時枝博士の論文執筆動機の価値観に深く共感を覚え、在学当時の不手際な私自身の専門科目受講姿勢がよみがえった。勘違いのそしりを承知でここに博士の一文を拝借すれば、根来先生の善意にはあるいは一学生へのかくなる理解があったのかもしれぬ。また胸が熱くなる。

こうして大学を卒業し、私は教師になったのだが、自分の求めた理想の教育にいまだ力及ばず、五年で職を辞したのである。結婚し一児の母になっていた一九八四年初冬、家族の転勤で一家は福岡に転居することになる。振り返れば卒業してまさに「一紀 十二年」、卒業時に自らに課したあの「宿題」に取り掛からねばならぬ時である。学生時代、じつは一海知義先生の「漢文」履修に際し、その白文教科書を前に逃走した呵責が今も残る。け、りを付けねばならぬ。私は漢文単位取得を目標に、通信教育でなら自分の環境下でも何とか勉強できるだろうと考えた。単位認定試験の一つはレポート課題であり、「六朝の自然詩人を一人とりあげ、その生涯のあらましと作品の特色を述べよ」というものであった。

国文学において学生時代から関心のあった「隠遁者」という大まかな範疇だけで私は「陶淵明」をとりあげた。陶淵明という隠者は俗世からも時代からも孤独でありながら、なぜか社会から逃げようとはしなかった。陶淵明は、「吉田兼好」とも「鴨長明」とも違った。国を超え時代を超え、それでもなぜか懐かしい気持ちさえ覚えたのである。漢文漢詩というものに拒絶反応を起こすどころか、いつしか私は淵明詩を通して陶淵明という一人の人間の姿を見、その感じ方に共鳴していった。こうして私が初めて手にした「陶淵明」こそ、一海知義 注、『陶淵明』、中國詩人選集四であった。それはまことに人間味溢れる注釈であった。

福岡の転居先がたまたま西南学院大学の隣であり、幸いにも中国文学に関する講義を見つけ聴講したのが福田殖先生との出会いである。陶淵明を知りたい一心で後先も考えず「陶淵明」のレポートを握りしめ、私は先生に勉強したい思いをお話しした。ほどなく先生は、淵明を研究したいなら中国語を勉強したほうがよいと岩佐昌暲先生（九州大学）のアポイントまで取ってくださっていた（じつは福田殖先生は九州大学の中国哲学史の先生であった）。さらに、陶淵明の先行研究論文リストをご用意くださり「先行研究があって、そこに新しい見解を加えるのが研究である」との基本指導までして下さった。だがこの喜びも束の間、再び家族の転勤で一家は東京へ転居することになる。四月を心待ちにしていた私は、またしても途方に暮れたのである。

振り出しに戻ってしまい、結局母校神戸大学の根来司先生に「陶淵明」のレポートを送るほかに道はなかった。「大学での学びがやはり足りず、一人では堂々巡りで先に進めません」と、拙稿の問題点のご指導をお願いした。根来司先生は国語学の先生。迷惑千万な話である。それにも拘わらず、いまだ未熟で無礼な一卒業生に丁寧なお手紙をくださった。「……批評は私一人でするよりもやはり専門の一海［知義］先生のご叱責を仰いだほうが貴女のために良いと考え見ていただきました。下段鉛筆書きは一海先生の字です。よく勉励しているようですがやはり論文としての書き方が少しまずいとのことでした」とあり、下段鉛筆書きには、論文執筆の基本である具体的な三点のご指導が記されていた。それはレポート上の鉛筆の✓マークと符合していた。十数年も前の一卒業生への指導など、本来望むべくもないものだろう。またしても根来先生の善意をいただき、一海先生の思いもよらぬご指導までも賜った。私は心底励まされた。「なお一そう勉強し、何かおたずねしたいことがあれば一海先生にうかがってください」、と一海先生のご住所が記されていた。

とにかく一から中国語を学ばねば、と私は日中学院本科に入学した。中国語は未だ物にはならぬが、ここでの学習経験がなければ「陶淵明とは如何に生きた人物か」、未知なる中国文学に何としても立ち向かおう、などと無謀な夢を持ち続けることはなかっただろう。中国語も中国文化も未だ入口である。機会を作って中国本土で学びたいといくつか方策を思案し、本格的に日本語教師の資格を取った。だが、中国本土での仕事の好機を目前にした時でさえ、私の周辺の事情はついに好転しなかった。私は日本語学校で教えることにし、また小学校でも日本語を教え、やがて当世の学校教育にも慣れ、東京都（教育委員会）の契約教師となった。正直、つらいことや不合理なことも味わった。だが、契約教師は地上に属さぬ「鳥」のような視点で時に物事を見る。私も、ときに「鳥」のように日本語教師の目で見、日本語教師で鍛えたフリーランスの目で見た。その私の目には、「子どもたちこそ一人ひとりが尊重されるべき多文化集団」そのものだと見えた。かつて教師だった私は、かくも厳然たるシンプルな事実を見抜けなかったのだ。この視点は、子どもの指導に確かに有効である。私は子どもたちが表現するその多様な「違い」をありのままに受け入れた。クラス担任をする一年毎の期間に、子どもたちはみずから私の指導も及ばぬ見事な自己表現をして見せた。こうして私が子どもたちにとって何か一つ実践できたとするならば、私との出会いに応えてくれた子どもたちにこそ感謝したい。気がつけば十五年、かくて私は教師の自分に課した若き日の「宿題」をどうにか終えることができたように思う。三十余年という遠回りは、私のこれまでの生涯の半分にも相当する。だがそれは〈自分に背かず生きる〉という自分自身の意志に改めて気づくために要した歳月であり、その責を自分自身が覚悟するのに要した歳月でもあった。私の父が生前、苦悩する娘に生涯で一度だけ手紙をくれた。当時、父の手紙の真意はよく理解できなかった。だが若き日に父もやはり「生きる意味とは何か」と考え続けたのだということは理解できた。その手紙には、「自分の思うにまかせぬ苦しさに苦しむのは心の苦しさである。生きる苦しさではない。今はそれを生きてみよ」と伝えていた。「自分を生きてこそ、それが命である」、そう教えた父の真意が古稀を迎えた今なら理解できる。

しかし福岡で岩佐昌暲先生（中国現代文学）に中国語を学ぶことができていたらと、この三十余年のあいだ何度思ったことだろう。私は先生に私淑し、年賀状を書き続けた。厄介な人間に違いないと自分でも恐縮し、年の暮れが近づくたびに、この一年また何も学ばなかったと恥じ入りながらも書き続けた。迷惑千万な話である。だがそうしなければ私は

「陶淵明」について何も書けぬまま ずるずると生涯を終えるだろうと予感したのである。そうした私に先生は毎年必ずご返信をくださった。二〇一九年、それは先生からの明快な一文であった。「賀状のメッセージ、独白というより宣言ですね、われは我が道を行くという」。まことに、陶淵明が《会ること有りて作る 幷びに序》を詠じた心境もかくや、とばかりに覚悟した。先生方にも自分にも嘘はつけぬ。一九六九年、「新入生が大学に期待できぬというのか」と悪態をついてからじつに半世紀である。先生方にはまことに遅きに失した謝意となってしまった。ここに、〈善意〉という最も尊いご指導で私を勇気づけてくださったすべての先生方に深く心より感謝申し上げたい。

こうして書きはじめた私の拙い文章を論文にまとめる手助けをしてくれたのは、私の姉井川眞砂（東北大学 アメリカ文学）である。中国文学にはまるで門外漢だと断りながらも姉妹の誼で目を通してくれた。〈古稀祝い〉に何か希望はあるかと尋ねられ、私は迷うことなく「論文指導をしてほしい」とリクエストした。二〇二〇年は世界中がコロナ禍に封じ込められ、メールと電話によるまどろっこしいやり取りを余儀なくされたが、一年にも及ぶそのもどかしい対話の中でまさに新たな気づきがあり、淵明への理解を深めた。深謝である。

かくして陶淵明は、みずからの「命」を真に生き切ろうと苦悩する人びとを肯定し、励ます。「今、あなたがその命を真に生きぬのなら、未来を生きる人に一体誰が伝えるのか」と、私の胸にも淵明の声が届くのである。このささやかな学びの記録を、息子 幸憲に贈る。

最後に、「七月堂」知念明子代表との出会いに感謝しなければならない。私にとって、それはまさに「予期せぬ知音との巡りあわせか」と思わずにはいられない出来事であった。陶淵明の生き方を理解して下さったばかりか、私の管見に耳を傾け、本書出版の心づよい後押しをしてくださったのである。じつに千五百年の時を超え、淵明が求めて止まなかった知音（ちいん＝真の理解者）が現前したという喜びでもあった。私は救われた思いで、心底から嬉しかった。ここに改めて感謝の意を表したい。

二〇二三年夏

大澤静代

著者紹介

大澤 静代

1950 年生まれ

兵庫県出身

もうひとつの陶淵明 試論

2024 年 5 月 17 日　発行

発行者　後 藤 聖 子

発行所　七 月 堂

〒 154-0021 東京都世田谷区豪徳寺 1-2-7

電話　03-6804-4788

FAX　03-6804-4787

印刷／製本　渋谷文泉閣

Printed in Japan

ISBN 978-4-87944-555-1　C0098